외계 신장神將

외계 신장神將

이수현

차례

✴

✴

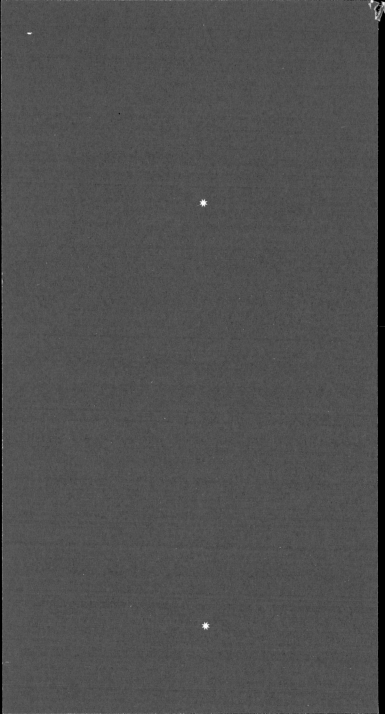

✱

　나에게는, 미친 여자가 된다는 것이 언제나 죽기보다 공포스러운 일이었다.

　세상 여자들이 다 어머니처럼 살까 봐 두려워한다지만, 내 경우엔 더 그랬다. 아무에게도 말한 적은 없었지만 내 어린 시절 기억의 첫 장면은 나를 알아보지도 못하는 어머니와, 그런 어머니를 앉혀 놓고 울긋불긋한 옷차림의 누군가가 펄쩍펄쩍 뛰면서 기묘한 노래를 부르던 모습이었다. 나중에야 그게 무당이고 굿이라는 걸 알았는데, 그 장면에 그게 다 어리석고 분별없어서 자초한 일이라며 어머니를 욕했다가

✱

치료할 수 있다고 사기 친 자들을 저주하는 외할머니의 집요한 말들이 덧입혀졌다.

당연한 귀결로 나는 논리와 이성을 중요시했고 내가 논리적이고 이성적으로 행동하고 있는지 수시로 자신을 검열했다. 그리고 '믿지 않는' 사람임을 자랑스럽게 여겼다. 열렬한 신도를 보면 종교를 가리지 않고 저런 건 마음 약한 사람들이나 빠지는 거라고 생각했다. 내가 죽은 후에 어떻게 될지, 신이 존재하는지 같은 문제에 대해서는 아예 생각하지도 않았다. 점술이나 초능력 같은 것은 다 콜드리딩이나 마술 같은 속임수라 여겼다. 무당들의 신내림? 정신 질환과 사기와 돈벌이의 조합이었다. 미국에는 심령가나 초능력자라는 이들의 사기 행각이나 조작을 밝혀내는 디벙커라는 사람들이 있다는 사실을 알고부터는 한국에도 그런 직업이 있기를 얼마나 바랐는지 모른다. 기왕이면 내가 그런 사람이 되고 싶었고.

그런 내가 무속 연구로 학위를 따보겠다고 굿판을 들락거리게 된 것은 얄궂은 일이었거니와, 그후에 겪은 기이한 일은 얄궂다는 말로는 표현이 다 되지 않는다.

그러나 이제는 뒤죽박죽이 되어버린 기억의 쓰레기통 속에서 제일 그립게 떠오르는 장면은 그림으로 그린 듯한 흉가 앞에 비장하게 서 있던 내 모습이다. 해가 뉘엿뉘엿 넘어가는 시간이었고, 내 옆에는 부채와 방울 그리고 소독약과 토치로 무장하고 한복 치마를 휘날리는 노인이 서 있었다.

굿판을 쫓아다니는 연구자에는 크게 세 종류가 있다는 말이 있다. 국문학자가 제일 많고, 그다음이 아마추어 민속학자, 그다음이 민속학자라고 말이다. 반은 한국에 의외로 '공식' 민속학이 적다는 점을 빗댄 농담이다. 민속학과라는 독립 학과가 있는 대학은 단 두 곳뿐이고, 그나마도 하나는 폐과했다. 한국의 민속학자는 대부분 다른 이름의 전공을 공부했다. 그리고 제일 많은 것이 국문학이었다.

국문학과에서 무속으로 무슨 국문학을 하느냐 하면, 주로 무당들이 기억하거나 굿판에서 읊는 무가巫歌를 기록해서 분석하거나 그와 관련한 한국 신화를 분석한다.

어린 시절 기억 때문에 꺼림칙한 마음이 있었으나 정작 나이를 먹고는 편견이 꽤 사라졌다. 무속이라고 해봤자 실망스러울 정도로 평범한 그냥 현실이었다. 신비로울 것도 없고, 수상하고 음산한 구석도 없었다. 그래도 무속 연구자들의 녹취 풀기를 계속하게 된 이유는 아주 단순했다. 돈. 녹취록 풀기는 쏠쏠한 돈벌이였다. 어째서인지 보통 사람들은 알아듣기 힘들어하는 무가가 내 귀에는 그리 어렵지 않았다. 한 번 발을 들이자 그 인연이 계속 이어졌다.

배운 게 도둑질이라고 하던가. 취직이 어려운 시절이라 대학원에 갔을 뿐, 국문학에 대단한 열정이 있는 것도 아니고 학문으로 대단히 두각을 드러낼 재주도 없었다. 그렇다고 뭘 처음부터 다시 할 만큼 여유가 있지도 않았다. 뭐라도 남들에게 없는 것을 자산으로 삼는 수밖에 없었다. 떨떠름하지만 무속과의 인연이 그나마 내 얄팍한 자산이었다. 그러니 대학원에서 교수님이 너는 비평도 싫어하고 책 읽기를 그렇게 좋아하는 것도 아니지 않으냐, 예전부터 무속 연구는 경험이 있으니 그걸로 계속해보는 게 좋겠다고 했을 때 반박할 말이 없었다. 전통이나 민속, 무속 같은 말이 붙으면 인문학치고는 지원금을 제법 노릴 수 있다는 것도 한몫 거들었다.

그러면 무슨 주제로 논문을 써서 학위를 딸 수 있을까. 이건 또 다른 문제였다.

앞서 말했듯이 국문학과는 대개 무가巫歌에 집중했다. 쌓여 있는 기록들을 열심히 뒤적이고, 새로 또 몇 개를 녹취해서 비교해 가며 이전에 선배들이 해둔 한국 신화 연구에 한 계단 정도를 보태는 것이 제일 무난한 길이기는 했다. 내가 그 방면에 별 재미를 느끼지 못한다는 문제가 있을 뿐.

굿 자체는 재미있었으니, 내가 견딜 만한 연구를 하자면 굿판 언저리에서 어떻게든 해야겠다는 생각이 있었다. 현장에서 보는 굿에는 생각 이상의 박력이 있다. 몇 시간씩 주전부리를 먹어 가며 지켜보기만 해도 진이 빠지는데, 옷을 몇 번씩 갈아입어 가면서 계속 우렁차게 소리를 치고 노래를 하며 뛰는 무당들에게선 엄청난 생명력이 느껴졌다. 둘러앉은 악사와 새끼무당들과 함께 추임새를 넣다 보면 구경꾼인 나에게까지도 어떤 활력이 전해졌다. 그 판에서 쓰는 말들을 알아듣게 되면 그 재치 있는 말솜씨에 웃음을 터뜨릴 일도 많았다. 단언컨대 굿은 공연 예술이다.

그렇다면 굿이라는 공연 예술을 분석하는 논문을 쓸 것인가? 그건 국문학과는 거리가 멀어도 너무 멀었다. 나는 이러지도 저러지도 못한 채, 뭔가가 떨어지기만을 기다리며 굿판을 배회했다.

굿판의 무당들도 굿은 아무나 하는 게 아니라는 말을 자주 했다. 그들은 자신들이 배운 노래와 춤에 자부심을 드러냈고, 때로는 그 노력이 신점을 치는 능력보다 우월하다고 주장하기도 했다. 점사로는 제법 인기가 있지만 직접 굿을 하지 못해서 굿은 우리에게 돌리는 이들도 있다고 말할 때, 그들의 얼굴에는 경멸과 시기가 동시에 묻어나기도 했다. 그러면 여러분은 점은 치지 못하시는 거냐, 조심스럽게 묻자 더 잘하는 게 따로 있다고 말끝을 흐린다. 그럴 때는 뭐랄까, 진짜 신통력이 있다고 믿지 않는다는 점에서 그들이 나와 한패라는 느낌마저 있었다.

예를 들어보자. 내가 제일 먼저 안면을 트고 자주 보게 된 무당 중에 병화 만신이라는 이가 있었다. 궁금한 게 있으면 뭐든 물어보라며 흔쾌히 내 명함을 받아주고, 몇 번인가 굿에도 불러주는 열린 자세를 보였다. 아직 중년의 나이인데 명랑하면서도 편안한 사람이었다.

나는 무당들과 친해지면 보기 힘든 굿도 볼 수 있지 않을까 기대하고 있었다. 그때까지 주로 구경할 수 있는 굿은 몇 종류 되지 않았다. 지방 자치 단체의 축제와 얽혀 있는 마을굿들은 누구나 볼 수 있었고, 그 외에 내가 볼 수 있는 건 주로 집안의 평온을 비는 재수굿 정도였다. 그것도 물론 굿을 여는 사람이 꺼리지 않을 경우에나 가능했다. 정작 내가 상반된 감정을 느끼면서도 호기심을 강하게 품은 건 내림굿이나 누름굿, 작두굿, 병굿 같은 것들이었다. 보기 힘든 게 당연한 굿들이기는 했다. 특히 병굿은, 현대 의학의 시대에 병 고치겠다고 굿을 하는 모습을 누가 자랑스럽게 보여주겠는가. 하물며 기록에 담는 것까지 허락하겠는가.

그래도 병화 만신의 서글서글한 태도는 나에게 희망을 안겨주었기에, 어느 술자리에서 슬그머니 병굿에 대해 물었다. 그는 화통하게 대답했다.

"아, 병굿? 그래요, 뭐 병굿 할 일 있으면 보여드리지. 근데 병굿이라고 해도 이상한 걸 하는 건 아니야. 무슨 안수기도하다가 사람을 때려죽였다, 그런 거는 우리하고 관계가 없고. 우리는 어디까지나 의학적인 이유가 아닌 걸로 아픈 사람, 힘든 사람들을 돕는 거야. 어느 신령에게 잘못한 게 있으면 노여움을 풀고 용서해주십사 주선하고, 어디 살이 든 거면 쫓아낼 수 있나 보고. 어디까지나 보조적으로다가, 힘든 사람들 좋은 길로 이끌어주고 마음도 편케 해주고 그러는 거라, 다른 굿과 크게 다를 것도 없어. 그 거적때기 씌워놓고 불붙은 장작으로 두들기는 거? 병자를 땅에다 묻고 막? 그런 건 어디서 봤는데? 티브이? 사진? 실제로 본 적은 없지? 실제로 봤다는 사람도 없고? 그런 짓 하는 무당 요새 없어. 다 자극적인 보도야. 시청률만 쫓는."

✳

나는 맞는 말이라고 생각했고 동시에 조금은 실망했다.

병화 만신은 점술에 대해서도 이렇게 말했다.

"자기한테니까 내가 솔직담백하게 털어놓는 건데, 우리 무당들이 사람들한테 상담해주고 이러는 거는 사실 심리 상담, 정신 상담 뭐 그런 거나 다름이 없어요. 가끔 진짜로 뭐에 잘못 씌거나 부정 탄 경우도 있기는 하지만 날 찾는 사람들이야 다 뻔하지. 속 답답하고 푸념할 거 많고. 그런 걸 해결해주는 거지. 그럴 때 말도 안 되는 소리 해가면서 사람들 속이고 돈 뜯고 그러는 거는, 그건 제대로 된 무당이 아니고. 그건 사기꾼이지, 사기꾼. 그런 식으로 돈 모으고 하려고 하면 우리도 신령님한테 벌 받아. 괜히 돈 욕심 냈다가 횡액 맞은 언니들을 한두 번 본 게 아니라고. 그러니까, 돈은 어? 각자 될 만큼, 조금씩만 받고, 오늘 이 굿도 기주님이 너무 힘들게 살아서 기운 좀 다스려주자고 십시일반 모은 거지, 받은 돈이 이거 준비에 든 만큼도 안 돼. 도와주면서 우리도 도를 닦는 거라니까. 보다시피 무슨 이상한 짓이 아니에요."

그럴싸한 말이었다. 이성적이고 논리적이기도 했다. 하지만 곧 석연치 않은 마음이 고개를 들었다. 정말로 이 세계가 이미 이렇게 합리적으로 돌아가는 걸까? 내 마음에 들고 이치에 맞는 말만 한다는 것 자체가 이상하지 않은가?

두 학번 위의 기찬 선배는 내 고민을 듣더니 웃으며 말했다.

"콜드리딩이라고 들어봤어? 점쟁이니 초능력자니 하는 사람들 대부분 쓰는 게 그거야. 마술사들도 가끔 쓸 텐데, 풀어 말하자면 엄청나게 관찰력이 좋고 눈치가 빠르다고 할 수 있겠지. 처음 보는 사람이라도 미세한 반응을 읽어내서 아 이 사람은 이렇구나, 알아보는 거랄까. 그게 보통 사람 수준이 아니란 점에서는 나름 초능력이라고 해도 되겠다만. 아무튼 너도 당연히 그런 식으로 살펴 가며 대하고 있겠지. 절대 우습게 보지 마라. 너 정도는 그 사람들 간식거리도 안 된다."

콜드리딩이 뭔지 내가 몰랐을까. 그러는 선배는 핫리딩이 뭔지는 아시나요 비야냥대고 싶기도 했지만,

나는 알겠다고 고맙다고 답하고 넘어갔다.

사실 그랬다. 무당들은 영리했다. 원래 영리한 사람들인 데다 산전수전을 다 겪었고 눈치도 빨랐다. 정식 교육 수준은 문제가 되지 않았다. 그들은 이미 연구자의 언어를 다 꿰고 있었으며, 연구자가 원하는 게 뭔지 알아차리고 거기에 맞춰주기도 했다. 공부만 해온 어수룩한 연구자들쯤이야 그들의 손바닥 안이었다.

그러니까 경험 많고 노련한 무당이라면 학계에서 통할 만한 주제를 뽑아내고 그에 상응하는 자료를 제공하는 데에도 나보다 훨씬 나을 수 있다. 굿판 어딘가에서 마주쳤던 민속학자 선생님도 비슷한 조언을 했다. 그 조언에는 무당들이 내어주는 대로 받는다 해서 그게 가짜는 아니라는 변명이 붙어 있었다.

틀린 말은 아니었다.

하지만 바로 그 점이 거슬렸다.

전형적인 초보자의 오만일지 모르지만 항복하고 그 길을 따라간다는 게 영 내키질 않았다. 그런 말들을 들을수록 더 뭔가 다른 것을 보고 싶어졌다. 신비

17

*

로운 무엇을 기대한 건 아니다. 그보다는 남들처럼 겉치레에 넘어가지 않고 무대 뒤의 모습이랄까, 무당들의 솔직한 민낯이랄까, 드러나지 않은 일면이랄까, 그런 것을 찾아내고 싶었다. 역할극과 무관한 '진짜'를 말이다.

그런데 그 진짜를 보려면 어떻게 해야 하나 생각하면, 막막했다. 술을 더 먹어야 할까. 체력과 생명력은 주량과도 비례하는지, 뒤풀이에서 말술을 마시는 무당들과 어울릴 엄두는 쉽게 나지 않았다. 정신을 끝까지 차리고 있을 자신은 아예 없었다. 그렇다고 에라 모르겠다, 정신을 놓고 망가진 모습을 보여서 관계를 돈독하게 해볼까, 하기에는 굿판 도중 쉬는 시간에도 툭툭 던져지는 음담패설에 태연하게 반응하는 것만도 쉽지가 않았다. 땀범벅이 되어 치맛자락을 걷어 올리고 걸걸한 목소리로 농담을 던지는 이들 가운데 가끔 남자인 박수들도 껴 있다는 사실 때문에 더 조심스러웠다. 애당초 썩 친화력이 좋거나 능글능글한 성격도 못 되고.

일단 닥치는 대로 굿판에 다니다 보면 뭐라도 보이

✳

겠지 한 지 한 달이 지나고 두 달이 다 되어갈 무렵에는 나도 초조해졌다. 괜한 욕심은 버리는 게 좋겠다는 생각도 들었다. 논문 쓰는 데 긴 시간을 들일 여유는 없지만, 그래도 지금까지 들인 돈과 시간을 생각하면 뭔가 눈에 띌 만한 성과를 내고 싶었다.

그 일은 그렇게 막다른 길에서 초조해하고 있을 무렵에 일어났다.

시작이 언제였는지 딱 잘라 말하지는 못하겠다. 그전부터 시야 가장자리에 걸려 있었는지도 모른다. 뭔가가 마음에 걸리는데, 당장 생각은 나지 않고 계속 먼저 해야 할 일이 있을 때처럼. 마음 한구석에 얼룩이 남아 있기는 하지만 그걸 돌아보지 못하고 계속 의식만 할 때처럼. 찍어놓았을 때는 보이지도 않았다가 나중에 어느 날 다시 보고는 아니, 이 사진 구석에 이런 게 찍혀 있었나 할 때처럼. 다른 생각을 하는 의식의 가장자리 어딘가에 걸려 있었는지 모른다.

그러나 그건 나중에 돌이켜 보았을 때의 이야기다.

어느 밤, 논문을 어떻게 할 것인가 고민하느라 애

꽂은 민속학 잡지만 뒤적이며 또 늦게까지 잠을 못 이루다가 화장실에 가려고 방을 나섰을 때였다. 사스슥, 빳빳한 천을 비비는 듯한 소리가 났다. 나는 다른 모든 것을 잊고 얼음처럼 굳었다. 혹시 벌레가 도망친 소리인가 하는 생각이 머리를 가득 채웠다.

숨을 죽이고 작은 부엌 겸 거실 바닥을 이리저리 살펴보았지만 까맣고 큰 것은 물론이고 개미조차 눈에 띄지 않았다. 그래도 혹시 모를 일이라 가까이에 있던 두꺼운 책을 하나 집어 들고 슬그머니 식탁 쪽으로 다가갔다. 눈을 부릅뜨고 이리저리 둘러보아도 보이는 건 없었다. 움직이는 것도 없었다. 나는 부엌을 두 바퀴나 돌면서 살핀 끝에 겨우 의심을 거두고 의자에 털썩 주저앉았다가 소스라쳤다.

중고마켓에서 이만 원 주고 산 작은 나무 식탁 위에는 내가 두 조각 먹고 다시 잘 묶어놓은 식빵 봉투가 있었다. 그런데 지금 보니 포장 비닐 한 귀퉁이가 찢어지고 네모난 빵 조각도 한 귀퉁이가 슬어 있었다.

나는 그 빵을 노려보면서 필사적으로 기억을 더듬었다. 혹시라도 내가 한 입 베어 물고 넣어놨을 가능성이 있을까. 하지만 그렇다 해도 포장 비닐이 찢어진 건 뭐라고 설명한단 말인가. 잠은 이미 확 달아났거니와, 갑자기 온몸이 근질근질해지는 것 같았다. 나는 몇 번인가 심호흡을 하다가 떨리는 손을 천천히 뻗어서 비닐 봉투 끄트머리를 잡고, 홱 들어 올렸다.

설마 하던 사태가 일어나지는 않았다. 찢어진 봉투에서 떨어진 건 식빵 조각들이 다였다. 그러나 안심할 수는 없었다. 나는 식빵을 주워서 전부 다 음식물 쓰레기봉투에 처넣고, 부스러기 하나라도 남을까 미친 듯이 식탁과 바닥을 닦아낸 후, 불이란 불을 다 켜고 청소를 했다. 밤이니 청소기를 돌리는 대신 스틱에 청소포를 끼워 바닥을 다 닦고, 수챗구멍과 하수구마다 베이킹소다와 구연산을 뿌리고 뜨거운 물을 부었다. 신발장 어딘가에 처박아뒀던 바퀴벌레약을 온 군데에 뿌렸다. 틈이 있다 싶은 곳에는 테이프를 발랐다. 그런 다음 동네 쓰레기 수거일이 아니라는 사실을 알면서도 그 쓰레기를 다 내다 버렸다.

한밤중의 빌라촌 골목길은 괴괴했고 싸늘했다. 평소에는 늘 밝다고 생각했던 가로등 불빛이 음울해 보였다. 순간 이상한 곳에 떨어진 듯한 기분이 엄습해왔다. 꿈속에서, 아주 당연하게 우리 집이라고 생각했던 곳에 있다가 갑자기 어? 우리 집은 이렇게 안 생겼는데, 깨닫는 순간처럼.

나는 도망치듯 일흔일곱 개 계단을 올라 내 방으로 돌아왔고, 뜨거운 물로 샤워를 하고 나서야 겨우 잠깐 졸 수 있었다. 이미 아침이 다 되어서였다.

그나마도 몇 시간이나 잤을까, 초인종 소리에 놀라 깨어났다. 놀라서 문구멍을 보니 모르는 남자가 서 있었다.

"무슨 일이세요?"

"거, 간밤에 너무 시끄러워서요. 조심 좀 해주시죠."

다행히 점잖게 말해오긴 했지만 언짢은 기색이 가득한 얼굴에 마음이 쪼그라들었다. 하기는, 한밤중에 돌아다니며 청소를 해댔으니 소리가 안 날 수가 없었으려나.

"죄송합니다. 그래도 큰 소리 안 내려고 조용조용히 움직였는데요. 앞으로 주의하겠습니다."

✳

문을 닫고 돌아서는 기분이 최악이었다. 멀쩡하게 밝은 해가 뜨고 보니 내가 무엇 때문에 밤에 그런 소란을 피웠는지 이해도 가지 않았다. 벌레를 처음 본 것도 아니고, 그게 무슨 큰일이라고.

'오늘 일진 정말 나쁘네. 이럴 때 만나자마자 딱, 간밤에 이상한 일이 있었지요? 이런 소리라도 하는 무당이 있으면 홀랑 넘어갈지도 모르겠어.'

나는 두 손으로 얼굴을 벅벅 문지르고 애써 입꼬리를 움직여 웃었다. 억지로라도 웃으면 기분이 따라온다니까.

거지 같은 기분이라도 집에 박혀 쉴 마음은 들지 않았다. 답답할수록 현장을 도는 수밖에 없었다. 그날 오후에도 나는 관성처럼 굿을 보러 작은 굿당을 찾았다.

비교적 짧게 서너 시간 정도로 맞춘 평범한 재수굿이었다. 그날 굿을 주관하는 무당도 일찍부터 안면을 튼 병화 만신이라, 새로울 요소는 별로 없었다. 나는 복잡한 머릿속을 덜어내지 못한 채 화장실에 갔다가 담배를 꺼내 물고 어슬렁어슬렁 마당을 걸었다.

"또 보네요?"

남자 목소리가 툭 날아왔다. 화들짝 놀라서 돌아보니 황 아저씨였다.

"아, 네. 오셨어요."

황은 사십 대 중반쯤 된 사진가였는데, 어느 학교 소속도 아닌 아마추어 연구자였다. 굿을 보러 다닌다면 누구나 자주 마주치게 되어 있는 얼굴이었다. 돈은 밀로 버는지, 굿판을 부지런히도 쫓아다니면서 사진과 영상을 찍었다. 언젠가 작품으로 발표할 거라고 듣기는 했지만, 선배들의 귀띔으로는 그런 말만 하고 자료를 쌓은 지 벌써 십 년이 넘었다고 했다.

"거, 아가씨, 보기보다 끈기는 있네. 몇 번 오고 말 줄 알았더니 꼬박꼬박 나타나고."

"다 선생님 덕분이죠. 이래저래 많이 배우고 있습니다."

나는 없는 사회성을 끌어올려 웃으며 답했다. 아가씨 운운 정도야 특별히 거슬릴 것도 없었다. 게다가 나는 이 판에서 제일 끄트머리에 매달린 꼬맹이였다.

지금만큼은 네가 뭘 잘 모르는 것 같으니 이 분야에 오래 몸담은 내가 가르쳐주마 하는 황의 태도가 득이 될 수 있었다. 실제로 아는 게 많았고 발도 넓었다. '발로 제대로 뛰지는 않고 몇 번 얼굴 들이민 걸 가지고 책이나 쓰고 방송에 얼굴을 내미는' 학계 연구자들에 대한 불평만 열심히 들어주면 관계자들의 연락처도 후하게 알려줬고, 때로는 내가 제대로 찍지 못한 사진까지 주겠다고 하기도 했다. 정작 받은 적은 없었지만.

"지금은 그렇게 말하지만 아가씨도 나한테 뽑아 먹을 거 다 뽑아 먹으면 쌩까겠지. 내가 한두 번 당한 것도 아니고, 그걸 모르나. 에휴, 내가 또 속지, 또 속아."

이런 말들만 계속 참아주면 말이다.

"아는 게 없을 때는 나한테 잘 부탁한다고 굽신굽신하고 말이야, 거 무슨 여대였지? 지금 거기 교수하는 신 뭐라는 선생도 처음엔 그랬다고. 내가 아주 잘해줬지. 어리바리한 거 여기저기 데리고 다니면서 인사 시켜, 소개해줘, 좋은 자리 잡아줘. 그렇게 지극정

성 도와주면 뭐해. 교수 되더니 아주 도도해져 가지고는, KBS에 나와서 인터뷰를 하는데 틀린 소리를 좀 하길래 전화해서 당신 그거 틀렸다, 모르는 말을 그렇게 하면 안 된다 했더니, 뭐? 황 선생이 현장을 많이 다닌 건 알지만 혼자 공부해서 이해를 못 하는 게 있다나? 요새는 직접 현장에 나오지도 않으면서 입만 살아 가지고."

황이 분노에 차서 열변을 토하는 동안 아이고, 섭섭하셨겠네요, 그래도 설마 그런 뜻이었겠어요, 제가 그럴 리가요, 추임새를 넣다 보면 피곤했다. 초반에 몇 번이나 굿이 있다고 연락을 해주면서도 느물거리며 접근하지 않고, 개인적으로 친해지자고 하지 않는 걸 보고 안심했던 게 무색하게 피곤했다. 그의 도움을 받은 연구자들이 나중에 연락을 끊거나 피한다면, 그게 다 배은망덕하고 사람됨이 모자라서만은 아니지 않을까 하는 생각이 들 정도였다.

"하여간 여자들은…."

기어코 그 말마저 나왔을 때는, 나도 모르게 깊은 한숨을 내뱉고 말았다. 그리고 기나긴 불평이 끊어진

틈을 타서 얼른 말을 엉뚱한 데로 돌렸다.

"그러게요. 만신님들도 다 여자분인데 참, 친해지기가 쉽지가 않네요."

"만신님들이 보통 여잔가, 어디."

새삼스러울 것 없는 태도였다. 우리는 면전에서 무녀들을 꼬박꼬박 만신萬神님이라 높여 불렀다. 원래는 존경을 담아 큰 무당에게만 붙이는 말이라지만, 아무 존경심 없이도 다 선생님이 되고 사장님이 되는 세상이 아니던가. 무당은 보통 여자가 아니라 만신님이 되더라도, 보통 여자는 사모님일 뿐 사장님으로 불리지 않는다는 게 더 씁쓸한 지점이었지만.

황이 담배를 몇 번 빨더니 멀쩡한 말을 했다.

"혹시, 이렇게 대놓고 홍보하는 분들 말고 진짜배기를 보고 싶다, 뭐 그런 생각 해요?"

정확히 그런 생각을 하고 있었다 보니 움찔했다. 황이 그리 눈치 좋은 사람이라곤 생각한 적이 없어서 더 조심스러웠다. 아무래도 나나 다른 연구자들보다는 무당들과 가까운 사람이 아니겠는가.

"뭘 놀라고 그래. 이 바닥에서 좀 성실하게 뛰어다

닌다 싶으면 그런 생각은 다 하지. 그러다가 다들 포기하는 거고. 잘나신 교수님, 박사님들이야 어떻게든 논문 자료만 얻으면 되는 거 아니겠어? 연구 자료 얻고, 그 김에 잘 협조해준 무당들에게 금칠 좀 해주고 방송도 연결해주고, 다 상부상조하는 거지."

혹시나 했는데 또 같은 레퍼토리였다. 선배도, 선생님도, 이제는 아마추어 연구자까지 이러니 힘이 쭉 빠졌다. 그래, 연구자들이 원하는 모습을 보여주고 원하는 말을 들려준다고 해서 아예 가짜는 또 아니라는 말에 수긍은 갔다. 이젠 슬슬 그것 자체가 지금 무속의 모습이 아닌가 하는 생각도 들었다. 그러나 말을 하겠다고 생각하기도 전에 입이 저절로 움직였다.

"전 포기 안 해요."

그러자 황이 눈을 가늘게 떴다.

"어이구, 패기만만하네? 젊긴 젊구만."

비웃음이 역력한 얼굴과 말투라 이번에는 나도 짜증을 누르기 힘들었다. 그러나 이제까지 겨우 유지한 관계를 박살 내기 직전, 황이 다시 말했다.

"그럼 좀 다른 데 가볼 마음도 있나?"

수상한 제안이었지만 솔깃하기도 했다. 이제까지 벽을 아무리 두드려도 보이지 않던 틈이 드디어 엿보인 느낌이랄까. 황 아저씨는 두 번째 담배 개비를 맛있게 태우며 뻐기듯이 말했다.

"거기는 나도 아직까지 사진 한 장을 못 찍어. 녹음도 안 되고. 수틀리면 그냥 쫓겨날 수도 있어요. 길게 말 섞기도 힘들어. 만신님이 어지간히 까다로우셔야지."

연구자를 만나기도 싫어하고 홍보도 싫어하는 진짜 무당이라고?

"무당들도 이상하게 그분에 대해서는 말들을 잘 안 해 가지고 말이야. 알다시피 내가 이 바닥에 모르는 사람이 별로 없잖아? 근데 그분은 있다는 걸 아는 데만도 몇 년이 걸렸다니까. 아주 호랑이 같은 분이라 여기 병화 만신도 되게 무서워하는 모양이더라고. 한번 시험해봐요. 경자 만신이라고 아세요, 하고. 그렇게 물어보면 얼굴이 딱 굳어 가지고는, 누구요? 이럴걸. 그 세상 무서운 거 없는 수다쟁이가 조개처럼 입을 딱 다문다니깐."

＊

"무서워하신다고요? 아니, 어떤 분이길래요?"

황은 그답지 않게 말을 골랐다. 이제까지의 거드럭거리던 태도도 한 꺼풀 벗겨졌다.

"뭐라고 해야 하나. 이게 참 설명하기가 힘드네. 범상치 않은 분인 건 딱 보기만 해도 알 수 있을 텐데 말이지. 보통 여자가 아닌 정도가 아니라 보통 사람이 아니야. 이런 말 하긴 그렇지만 내가 무당들 많이 아는데 솔직히 저거 그냥 사기꾼이다 싶은 무당도 한둘이 아니란 말이지. 그런데 그분은 분명히 안에 뭐가 들었어도 들었다 싶고…"

조금 어이가 없으면서 더욱 흥미가 쏠렸다. 황이 굿판을 돌아다니며 어느 무당에게나 붙임성 있게 굴기는 했지만 정작 뭔가를 정말로 믿는 것 같지는 않았는데 말이다. 아무리 들어도 이건 교주님에게 푹빠진 신도의 증언이 아닌가. 그렇다면 그 무당은 진짜 신통력이 있거나, 아니면… 진짜 사기꾼일지도 몰랐다.

물론 내가 보고 싶었던 진짜는 황이 말하는 진짜와 정반대 의미였다. 말하지 않았던가. 나는 신통력 같은 것을 믿지 않는다고. 굿판에 다니고 무당들과 어울리면서 그 생각은 더욱 공고해졌다. 괜히 나를 보고 혀를 끌끌 차며 "외로울 팔자네"라고 한다든가, 기운이 괜찮은데 이쪽 길로 올 생각이 없냐고 할 때는 겉으로만 웃으면서 상대하며 속으로는 코웃음을 쳤다.

그러니까 내가 생각한 '진짜'는 병화 만신이 말하는 것처럼 무당도 손님도 다 같이 짜고 치는 고스톱이 아니라 '진짜' 사기꾼 무당이었다. 기왕이면 내가 그 사기 행각을 꿰뚫어 보고 통쾌하게 거꾸러뜨려도 좋을 그런 진짜배기.

그래서 황의 다음 말에는 더더욱 귀가 솔깃해졌다.

"게다가 굿도, 그 양반 굿은 그걸 굿이라고 해도 되는 건가 싶게 다르거든. 내가 잘 모르겠는 부분도 많고. 외국 샤머니즘에서도 이것저것 빌려다 쓰나 보던데, 내가 영어를 알아야 말이지."

"그래요? 그거 정말 재밌는데요. 요새는 다들 내가 제일 전통을 지키는 무당이다 내세우기 바쁜데."

"내 말이. 필요하면 뭐든 쓴다고 당당하게 말씀하시니까 어째 더 믿음이 가더라고."

황은 자랑하듯 그렇게 말하다가 슬그머니 턱을 긁었다.

"그런데 누굴 데려가도 되나 모르겠네. 나도 정말 힘들게 알았거든. 어떻게 얻은 신임인데 긁어 부스럼은 아닌가 걱정도 되고."

기가 막혔다. 아니 이럴 거면 먼저 말은 왜 꺼내고 경자 만신에 대해 칭송은 왜 늘어놓았단 말인가. 어차피 황도 내가 학계 연구자를 이렇게 데리고 다닌다는 식으로 자기 입지를 올리려는 계산이 있었을 터인데.

그러나 그건 어디까지나 암묵적인 이해일 뿐, 정 생색을 내고 싶어 한다면 맞춰줄 수도 있었다. 나는 황의 팔을 잡으며 말했다.

"아니 말 꺼내 놓고 빼시기가 어딨어요. 그러지 마시고 그분 꼭 좀 만나보게 해주세요! 일단 가면 설마 쫓아내기야 하려고요. 그래도 나무라시면 다 제가 무작정 매달려서 어쩔 수 없다고 하시면 되죠. 제가 잊지 않고 꼭 보답할게요."

물론 마지막 말을 힘주어 강조했다.

황은 짐짓 점잔을 빼며 말했다.

❋

"그러면 내가 힘을 좀 써보지."

　어쩌면 돌파구를 찾은 건지 모른다는 들뜬 기분은 그날 밤에 다시 바닥으로 처박혔다.

　새벽 두 시를 넘겨 침대에 누웠다가 악몽을 꿨다.

　거의 잊고 있었던 전날의 식빵 사건이 돌아와서 주먹만 한 방사능 바퀴벌레들로 다시 태어났다. 보기만 해도 독이 있을 것 같은 파란색, 보라색, 분홍색 형광빛을 발하는 벌레들이 냉장고 틈으로 바글바글 기어 나와서 내 방으로 달려오고 있었다. 바스락바스락하는 소리가 귓가에 울렸다. 어서 일어나서 도망치려 했지만 몸이 움직이질 않았다. 비명을 지르고 싶었지만 목소리가 나오지 않았다. 온다. 그게 온다. 내게 들어오려 한다. 침대! 내 침대로 기어오르고 있다!

　식은땀에 젖어 덜덜 떨면서 깨어났을 때는 새벽 네 시였다.

　찬물을 마시고, 샤워를 했다. 악몽이다. 악몽에 불과하다. 그렇게 생각하면서 찬장을 열었을 때였다.

　손이 덜덜 떨렸다.

악몽일 뿐이라고 애써 정신을 수습하려던 노력이 무색하게도 꿀꽈배기 봉투가 살짝 뜯어지고 과자 부스러기가 떨어져 있었다. 분명히 전날 밤만 해도 멀쩡한 상태를 확인했던 과자 봉투였다. 혹시나 하는 마음으로 하나하나 확인해보니 라면도 한 귀퉁이가 슬어버린 게 눈에 띄었다. 코끝에 설명하기 힘든 역한 냄새가 감돌았다.

나는 과자와 라면을 다 쓰레기봉투에 처넣고 핏발 선 눈으로 컴퓨터를 켰다. 유명한 해충구제업체를 검색했다. 돈이 걱정이라 금액부터 찾아보니 내 방 정도 규모면 이십만 원이 들지 않는다고 했다. 지금만큼은 통장에 이십만 원이 있어서 다행이라는 생각만 들었다.

'내 정신 건강을 위해서라면, 그 정도 돈은 쓰는 게 맞아.'

재빨리 온라인으로 무료진단 신청서를 작성했다. 고객센터가 오전 여덟 시 반부터라니 그때까지만 기다리면 된다. 나는 자료 책들을 뒤적이다가 포기하고, 웹툰을 보다가 또 포기하고, 결국 지뢰 찾기를 하며 시간을 죽였다.

아침 일곱 시. 빌라촌이 깨어나기 시작한다. 여기저기에서 물 흐르는 소리, 말소리가 희미하게 들리고 문을 벌컥 열었다 닫는 소리가 난다. 1층에서 시동을 걸고 차를 몰고 나가는 소리까지 들릴 때도 있었다. 가끔은 꺼질 줄 모르는 자명종 소리도 흘러 다녔다.

여덟 시 반이 되자 출근하는 사람들이 거의 빠져나가면서 동네가 조용해졌다. 시계만 보고 있던 나는 시간이 되자마자 전화기를 들고 해충구제업체에 전화를 걸었다.

한국의 빠른 서비스를 축복하라. 나의 다급한 독촉에 그날 오후 바로 직원이 찾아왔다. 그러나 결과는 내 생각과 달랐다.

"벌레가 없는데요?"

"네?"

"네, 사체는 물론이고 알도 분변도 안 보이네요. 이 정도로 깨끗한 경우가 잘 없는데요."

열 평 공간 여기저기를 살핀 해충구제업체 직원의 말에 나는 귀를 의심했다. 나도 모르게 말이 더듬더듬 나왔다.

"그렇지만, 그럴 리가요. 분명히 제가 놔둔 식빵을 먹은 흔적이 있었어요. 소리도 났고, 또."

나는 필사적이었다. 분명히 벌레가 있는데, 내 말을 믿어주지 않을까 봐 겁이 났다.

거의 나갈 태세였던 직원이 내 말을 듣고 잠시 콧잔등에 주름을 잡았다.

"그 식빵은 혹시 버리셨어요?"

"네. 바로…."

그래, 그 증거물을 남겨둘 걸 그랬다. 찍어놓기라도 할 걸.

"아! 과자. 과자 봉투가 있어요."

이번에는 바로 컴퓨터 앞으로 달려가느라 과자와 라면들을 아직 내다 버리지 않았다. 나는 의기양양하게 쓰레기봉투를 풀고 내가 미친 게 아니라는 증거를 꺼내 들었다.

그러나 승리감은 잠깐뿐이었다.

"쥐… 쥐요?"

되묻는 목소리가 흉하게 뒤집어졌다. 깔끔한 유니

폼을 입은 멀끔한 직원은 난처한 듯 웃음을 지으며, 아니 어쩌면 속으로 나를 비웃으며 대답했다.

"확실치는 않습니다. 쥐는 저희 전문 분야가 아니기도 하고 쥐 분변도 없었으니까요. 하지만 이 흔적을 보면 곤충 종류라고 생각하기는 힘듭니다. 이빨로 갉아서 비닐 봉투를 뚫었다면 아무래도."

"아니, 여긴 반지하도 아니고 5층인데요. 물이 새지도 않고, 또…."

"그게 의외로 가끔 있어요. 도시라고 쥐가 그렇게 없는 게 아니거든요. 아주 낡은 건물도 아니고 산 옆도 아니니 특이하긴 한데요. 오래된 주택 같은 데서 구멍을 타고 넘어 들어오기도 하거든요. 말씀드린 대로 저희는 쥐 퇴치 전문은 아니니까요. 확실하게 하시려면 다른 업체를 찾아보시면…."

"당장은 뭐 방법이 없나요?"

나는 바보처럼 물었다. 또 다른 업체를 찾아서 연락을 하고 직원이 오기까지 시간이 얼마나 걸릴지 모른다는 생각에 마음이 급했다. 직원이 잠깐 고민하는 것 같더니 말했다.

✴

"약을 놓아드릴 수는 있는데요."

살았다는 마음이 그대로 드러났을까, 그는 짐짓 부드러운 미소를 지으면서 내 마음에 다시 못을 박았다.

"그런데 저희가 사후 처리까지는 못 해드립니다."

이게 무슨 소리지. 머리가 이해를 거부했다.

"여러 번 말씀드렸다시피 이게 저희 전문 분야는 아니라서요. 여기까지 해드리는 정도가 최선입니다."

"그럼 그, 사체는…."

"혹시 집 안에서 나오면 고객님께서 처리하셔야 합니다. 대부분은 나가서 죽기는 하는데 백 퍼센트는 아니라서요."

울고 싶었지만 이어지는 직원의 가벼운 말에 턱에 힘이 들어갔다.

"정 힘드시면 남자 친구 부르세요. 아니면 아버지나…."

남자 친구도 아버지도 없다고 말할 수야 없었고 평소처럼 대충 둘러댈 에너지도 없었다. 나는 그저 입을 꾹 다물고 고개를 끄덕였다. 그래도 이젠 바퀴벌레 대신 쥐에 물어뜯기는 상상에 시달리느니 눈 한

번 딱 감고 사체를 치우는 거다.

직원은 쥐약을 몇 군데 놓으면서 설명했다. 집 안에서 죽을 확률이 높지는 않다고. 밝은 곳을 찾아서 죽게 하기 위해 조제한 약이니 거의 밖에 나가서 죽을 텐데, 만에 하나 집 안에서 죽는다면 잘 보이는 곳에 사체가 있을 거라고 했다. 딱딱하게 굳어 있을 테니 인형이라고 생각하고 집어다가 쓰레기봉투에 넣어 버리면 된다는 친절한 설명이 따라붙었다.

그게 무슨 말인지 이해가 잘 가지 않아 직원이 약을 놓고 계좌 번호를 주고 사라진 후 쥐약에 대해 검색을 해보았다.

이미 들은 설명대로 이 쥐약은 먹으면 그 자리에서 즉사하는 옛날식 독약이 아니었다. 쥐가 사람 눈이 닿지 않는 구석이나 틈에서 죽어 썩기라도 하면 곤란하니까, 이 약을 먹으면 일단 쥐가 시력을 잃어서 밝은 곳을 찾게 된다. 그리고 밖으로 나갈 시간이 있어야 하니 독이 천천히 피를 굳힌다. 산 채로 피가 말라붙어 몸이 딱딱하게 굳으면 사체가 되어서도 쉽게 썩지 않아 냄새가 덜 나고 버리기도 쉬울 테니까. 무슨 성분을 어떻게 섞었는지, 인간의 편의에 맞게 잘도 만들어낸 약이었다.

굳이 찾아보지 말걸, 후회되는 내용이었다.

"그렇지만 그냥 살 순 없어. 식재료도 식재료고, 병균도 옮길지 모르고."

괜히 소리 내어 중얼거렸지만 씁쓸한 뒷맛이 사라지진 않았다. 차라리 약을 치우고 고양이라도 들일까 잠깐 생각했지만 어느 쪽이 더 잔인한지 따지기도 힘들었다. 고양이를 좋아하지도 않으면서 쥐를 잡으라고 데려온다면 그것도 못 할 짓이지 싶었고.

그러나 그후 며칠간은 그런 생각이 사치다 싶을 만한 악몽이었다.

살아 있는 쥐도, 죽은 쥐도 보이지 않았지만 일상을 억지로 이어 나가면서도 내 생활은 착실하게 망가졌다. 사두었던 과자와 라면을 다 버린 후에는 괜찮겠거니 했다가 햇반을 버리고, 쌀을 버리고, 비상용 초코바를 버렸다. 캔이야 쥐가 쏠아서 뚫지는 못할 터였지만 스팸 캔을 하나 집었다가 뭔지 모를 끈끈한 게 손에 묻어나서 몸서리를 친 후에는 그것도 다 버렸다. 왠지 이제는 냉장고조차 미덥지 않았다. 행여 음식물 부스러기라도 떨어질까 싶어 식사는 대부분 편의점이나 김밥집에서 해결하고 들어갔다. 그러고 도 나흘째의 피곤한 아침에는 커피믹스를 꺼내다가 터진 봉투에서 후두둑 떨어지는 검은 알갱이에 기겁 을 했다. 그랬다. 커피도 엄연히 식료품이었다.

당연히 집에 들어가기는 싫었다. 그러나 또 집에서 멀어져 있으면, 쥐가 죽어 있다면 어서 버려야 한다 는 생각에 조급했다. 정신이 어디에 가 있는지 모를 상태로 학교와 아르바이트 일들을 끝내고 집에 돌아 갈 때마다 나는 심호흡을 몇 번이나 했다. 불은 늘 켜 두었고, 매번 조심스럽게 문을 열고 잽싸게 방 안을 둘러보았다. 사체가 기다리는 날은 좀처럼 오지 않았 다. 매번 구멍이 있을 법한 곳을 살피며 테이프를 붙 이고 도망치듯 화장실에 들어가 하수구를 노려보며 쫓기듯이 샤워를 했다. 침대에는 모기장을 쳐놓았다. 낮에 돌아다니는 동안 쪽잠을 자기는 했지만, 몸에 피곤이 계속 누적되고 있었다.

처음에는 사체 치울 생각에 몸서리를 쳤지만 며칠

을 그렇게 보내고 나니 사체가 어서 나와서 일단락
되었으면 하는 마음이 간절해졌다. 문제의 쥐가 죽은
건지 아닌지 알 수 없는 상태로는 아무것도 할 수가
없었다. 쥐는 고양이가 있는 곳에 얼씬도 하지 않는
다던데, 고양이를 데려오진 않더라도 누군가 키우는
고양이의 오줌을 받아오면 어떨까 하는 특단의 처방
을 고민하던 저녁, 새까맣게 잊고 있었던 황의 전화
가 왔다.

　오랜만에 다른 생각을 할 수 있는 기회라 반색을
했으나, 정작 다음 날 황이 모는 사륜구동차 조수석
에 앉아서 좁은 산길을 달릴 때는 반가웠던 마음이
다 날아가고 말았다.
　내비게이션에도 잡히지 않고 차를 여러 대 세울 자
리가 있을지 어떨지도 알 수 없는 곳이니 같이 타고
가자는 말을 들었을 때부터 찜찜하기는 했다. 그러나
운전대를 잡은 황이 술을 몇 잔 마셨다는 사실을 눈
치채자 당장 차에서 뛰어내리고 싶어졌다. 게다가 서
울 근처에 이런 데가 다 있었나 싶은 외진 도로에 접

어들었다가, 이게 대체 어딘가 싶은 산길을 오르기 시작하자 긴장으로 온몸에 힘이 들어갔다. 억울함이 많아서 그렇지 나쁜 사람은 아니라고 생각했는데, 어쩌면 나쁜 사람이 아니라 위험한 사람이었던 걸까. 내가 무슨 생각을 한 거지. 진짜배기 만신이라는 미끼가 뭐라고 이렇게 홀랑 낚였지.

나는 가방 속에 무기가 될 만한 물건이 뭐가 있었나 열심히 머리를 굴렸다. 예전에 샀던 후추 스프레이를 가방에 넣었던가, 말았던가. 아니, 여차하면 가방 자체가 무기가 될 것 같기는 했다. 책이 여러 권 들었으니 벽돌보다 낫겠지. 손에 휴대폰도 꼭 쥐었다.

그러나 불행 중 다행이랄까.

"나 원, 아까 거기서 잘못 들어 가지고, 괜히 이쪽으로 왔네. 아니, 아니, 돌아가야 하는 건 아닌데 좀 더 나은 길이 있는 걸 잘못 왔어요. 너무 그렇게 질겁하지 말고. 다 왔어요, 다 왔어."

한참 말없이 차를 몰아서 나를 긴장시켰던 황이 멋쩍게 말을 쏟아내더니 시동을 끄고 후 한숨을 뱉었다.

"어이구, 길 한번 더럽네. 밑에 다 긁혔겠어."

황이 차 아래쪽을 살피는 동안 나는 갑작스러운 사태 전환에 바로 적응을 못 하고 멍해 있었다. 막판에 너무 긴장했더니 몸이 아팠다. 나는 심호흡을 해서 마음을 추스르고 주위를 둘러보았다.

그림에서 빠져나온 듯한 흉가가 보였다.

나는 그 순간 이상한 곳에 떨어진 기분을 느꼈다.

처음 눈에 들어온 것은 그 집의 뒷모습이었다. 쇠락한 모습을 지우고 본래의 형태를 상상해본다면 제법 번듯한 저택 같았다. 넓은 2층 집채에 뾰족지붕으로 다락방까지 얹고 있었는데, 뒤쪽에서 보니 2층이 1층보다 커 보이는 게 특이했다. 벽 아래 절반은 마치 통나무를 쌓아 만든 듯 보였고, 툭 튀어나온 창도 영화에서 본 서양식 주택을 연상시키는데, 지붕은 직선 처마일망정 기와지붕이었다. 게다가 여기저기 목조 기둥이 바깥으로 튀어나와 있었다.

우리는 그 집의 넓은 뒤뜰 근처에 서 있었다. 애초에 담을 높이 쌓은 적은 없었는지, 표시용으로 두른 듯한 검은 돌들이 뜰과 길을 구분했다. 뜰 안에는 제대로 된 나무는 없고 잡풀들만 높이 자라 땅을 가렸다. 햇빛을 받고 있는데도 이상하게 그늘진 느낌이 심했고 가끔 보이는 잎끝은 다 병든 것처럼 삭았다.

차를 두고 한참을 투덜거리던 황이 내 옆에 오더니 으쓱이며 말했다.

"특이하게 생긴 집이죠? 적산 가옥이야. 적산 가옥 알아요?"

보통 이런 대목에서는 알아도 모른다고 해줬겠지만 이번에는 정말로 몰랐다.

"적산 가옥이 뭐죠?"

"한자로는 보자, 가옥은 뭐 집인 거 알 거고, 적 적敵에 재산할 때 산産이니까, 그대로 풀면 적의 재산인 가옥이라는 뜻인데. 이게 건축 양식은 아니고, 일제 강점기에 지어진 집들을 그렇게 부르지. 서양식과 일본식을 혼합한 집들이라고 해야 하나. 저기 저 목조나 기와는 일본 집 비슷하고, 뾰족한 지붕이나 현관은 서양 집 비슷하잖아요?"

나만 몰랐지, 전국에 제법 남아 있다고 했다. 나는 오랜만에 황의 잘난 척에 순수하게 감탄했다. 황은 그 반응에 기분이 좋았는지 앞장서서 그 뜰에 발을

45
✳

들이더니 곧바로 투덜거렸다.

"에헤이 오늘따라 재수가 옴 붙었나."

풀에 가려진 땅바닥이 질척했는지 구둣발이 쑥 들어가서였다. 설상가상, 황이 큰 동작으로 발을 뽑아내자 풀 사이에 숨어 있던 울퉁불퉁한 나뭇가지가 얼굴을 후려쳤다. 가을 강아지풀처럼 풀씨 같은 게 확 퍼졌다. 그러나 강아지풀과 달리 향긋한 풀 향이 나진 않았다. 뭔가 매캐하고 달큼한 냄새가 기분이 나빴다. 황이 헤쳐놓은 덕분에 풀 사이로 요란한 보라색, 분홍색 반짝임이 보였는데, 쓰레기인지 위험한 버섯인지 알 수 없었다.

나는 소매로 코를 가리고 외쳤다.

"돌아서 가는 길은 없어요?"

황은 한참을 씨름하더니 겨우 다시 차 옆으로 빠져나와서 옷을 털었다. 있는 대로 짜증이 난 모양새였다.

"안 되겠다, 안 되겠어. 다시 돌아서 앞으로 갑시다."

'진작에 길을 제대로 찾았으면 좋았잖아!'

황에게 점점 짜증이 났다. 술을 마신 게 분명한 사람의 운전에 목숨을 또 맡기고 싶진 않았건만, 그 뒤뜰에 어떤 함정이 숨어 있을지 모른다는 생각이 근소한 차이로 우세했다. 사륜구동차는 다시 외진 산길을 돌아, 비교적 멀쩡한 마을 같아 보이는 곳을 지나서 그 집 정면으로 다가갔다.

TV 속의 저택에서나 본 것 같은, 밖으로 툭 튀어나온 현관이 제일 먼저 눈길을 사로잡았다. 그러나 정면이 뒷면보다 나아 보이는 구석이라곤 그것뿐이었다. 위풍당당한 현관 앞으로 이어지는 자갈길은 중간에 뚝 끊겼고, 본래 있었을 대문과 담도 잘려나간 듯이 사라진 모양새였다. 최근에 도로를 내면서 앞마당까지 파헤쳐버린 듯, 현관 옆으로 땅속에 묻혀 있던 지하실의 토대 일부가 밖으로 드러나서 지상층처럼 되어버린 모양새가 보기 흉했다. 아직 남은 마당은 잡풀이 심하게 우거졌으며, 현관 앞길에 서 있었을 돌 조각상은 몸통 절반이 날아가, 원래 형상을 짐작하기 어려웠다. 그나마 뒤뜰처럼 기분 나쁜 식물들이 보이지 않는 게 위안일까.

✳

집은 남향에 산을 등지고 있었으니 풍수상으로 나쁜 자리는 아니었다. 아니, 여기서 또 오컬트를 이야기하려는 게 아니다. 풍수지리란 본래는 그 땅의 평균 조건을 짚는 방법이거니와, 산을 등지고 물을 앞에 둔 땅, 양지바른 남향, 그런 건 한국에서 괜찮은 입지일 수밖에 없다. 지대가 높으니 폭우가 온다고 물에 잠길 것 같지도 않고, 반대로 뒤에 있는 산을 마구잡이로 개발하지 않았으니 흙 사태의 위험도 없어 보였다.

나는 그렇게 그 집의 겉모습을 살피다가 든 생각에 이맛살을 찌푸렸다. 위치도 나쁘지 않고 기묘한 아름다움이 있는 집이긴 하지만 이렇게 버려져서 썩어가게 두다니 위험하지 않은가. 누가 들어갔다가 다치기라도 하면 어쩌려고.

그리고 슬그머니 또 불안해졌다.

"이 집은 왜 온 거예요? 설마 여기에서 굿을 한대요? 사람도 안 사는 것 같은데요."

"낸들 아나. 김 선생이 여기 오늘 꼭 오셔야겠다니까 나도 죽자사자 달려온 것뿐인데."

황 아저씨는 심통이라도 난 사람처럼 대꾸했다. 기가 막혔다. 아니, 내가 먼저 졸랐나? 자기가 먼저 귀한 기회를 내어준다고 온갖 생색은 다 내놓고선, 누가 술 마시고 운전하다가 길을 잘못 들라고 했나.

나는 대거리하고 싶은 마음을 삼키며 듣기 좋게 말했다.

"이렇게 힘든 데를 올 줄이야 제가 미처 몰랐죠. 미리 알려주시지 그러셨어요. 아니면 제가 운전하고 옆에서 지시만 해주셔도 됐을 텐데."

나에게 뭔가 더 화풀이를 하려는 듯 입을 벌리던 황이 갑자기 표정을 바꾸더니 굽신굽신 허리를 굽혔다. 반사적으로 그쪽으로 몸을 돌렸다. 아직 햇빛이 있는데도 오싹했다. 잠시 산 사람이 아니라 귀신인가 했다. 한복 차림에 쪽 찐 머리, 화장기 없는 무표정한 얼굴의 젊은 여자가 서 있었다.

"늦었어."

"아이고, 죄송합니다. 여기 김 선생 모시고 오느라고요. 길 찾기도 쉽지가 않아 가지고."

황은 애꿎은 나를 변명이라고 끌어다 댔지만 젊은

무당은 그 말을 무시했다.

"쓸데없는 소리 말고 얼른 따라와. 하도 따라오게 해달라고 조르길래 겨우 어머님 허락을 받았더니만. 쯧쯧."

어머님이라는 표현을 들으니 오늘 만나게 될 만신의 신딸이려나 싶었다. 인사하려고 명함까지 꺼내고 있었는데 여자는 그 말만 던지고 몸을 홱 돌렸다.

"저 분은…?"

찬바람이 도는 뒷모습을 눈짓으로 가리키며 작은 소리로 물어봤지만 황은 입 모양만으로 '나중에'라고 말하더니 걸음을 재촉했다. 어쨌든 무당으로 보이는 사람이 있고, 그게 젊은 여자이며, 태도가 쌀쌀맞다는 점이 나에게는 안도감을 선사했다.

집 자체에 대해서 안심이 되지는 않았다. 가까이 다가가자 썩은 나무 냄새가 났다. 겉보기는 멀쩡하니 속이 썩었을 수도 있다는 생각에 오히려 더 불안해졌다. 게다가 현관에 다다르자 훅 끼치는 냄새에 구역질을 참아야 했다. 나무나 곰팡이 냄새로는 설명되지 않는, 좀 더 기분 나쁘고 역겨운 냄새였다.

✳

'뭐가 썩은 거지? 설마.'

불행히도 그동안 낡은 중고차를 열심히 끌고 다닌 탓에 보게 된 로드킬 사체들이 제멋대로 뜨는 팝업 창처럼 머릿속에 주르륵 떠올랐다. 얼굴이 저절로 찌그러들었다.

순간 바로 뒤돌아서 도망치고 싶어졌지만 그런 약한 모습을 보일 순 없었다. 나는 가방 속에 들어 있던 미세먼지 마스크를 꺼내 썼다. 냄새가 다 차단되진 않더라도 도움은 되지 않겠는가.

눈앞에 손바닥이 쓱 다가왔다. 황이었다.

뭘 잘했다고 챙겨달라는 건가 짜증이 났지만 나는 말없이 가방에 있던 마스크를 하나 더 꺼내 건넸다. 황은 기분이 좀 풀어졌는지 고개를 까딱하며 마스크를 썼다.

마스크를 미리 쓰길 다행이지, 현관에 발을 들이자마자 먼지가 풀썩 일어났다.

희미한 햇빛 덕분에 솟구쳐 오른 먼지가 천천히 떨어져 내리는 모양이 아주 잘 보였다. 오늘 입은 옷이 다 엉망이 될 것은 확실했다.

한 박자 늦게 냉기가 엄습했다. 빈집 특유의 음산한 기운에 목조 주택의 축축함이 겹쳐서 더 냉기가 심한 듯했다. 나는 인상을 펴지 못한 채, 그래도 열심히 집 안을 둘러보았다. 바닥이 발밑에서 썩어 부서진다거나 하는 일은 없었고 다 무너져 가는 집이라는 인상과 달리 의외로 건물은 제법 멀쩡했다. 그러나 여전히 어디 한 군데도 손대고 싶지는 않았고 뭐라도 튀어나오지 않을까 신경이 쓰였다.

설마설마했지만 정말로 이런 집에서 굿을 하는 걸까.

'그럴 거면 미리 전문 청소업체라도 부르지. 건강에도 나쁠 텐데.'

나는 속으로 투덜거리며 다시 한번 마스크 콧잔등 부분을 눌렀다.

바깥에서 본 집의 외양에도 위화감을 느꼈지만 내부도 낯설었다. 어두운 현관방 너머로 보이는 넓은 공간은 현대 주택의 거실과도 확연히 달랐다. 심지어 높은 천장에 샹들리에도 달려 있어 작은 호텔 로비 같기도 했다. 창도 생각보다 크게 내어 도저히 투명하다고는 할 수 없는 뿌연 유리를 통해서나마 빛이 들어왔다.

샹들리에가 늘어뜨린 레이스 같은 거미줄을 따라 시선을 내려보니 가늘게 피어오르는 연기 자락이 이어졌다. 시선을 더 내리자 샹들리에 밑에 흰옷을 입은 여자 여러 명이 서 있었다. 가운데에 향은 피우고 있지만 다들 조용히 둘러서 있기만 할 뿐 당장 무슨 굿을 하는 건 아닌 듯했다. 세 명, 아니 네 명. 굿판에서 흔히 보는 빨강, 파랑, 노랑, 강렬한 원색이 하나도 없이 모두 아래위 흰 치마저고리였다.

그러고 보니 우리의 안내역 비슷한 역할인 젊은 무당도 소복 차림이었다. 무표정한 젊은 무당이 총총히 그쪽으로 다가가서 합류하는 모습을 보며 나는 잠시 목을 움츠렸다.

'누가 보면 이쪽이 귀신들이라고 하겠네. 제대로 흉가 체험인데?'

신발을 신은 채 나무 마루를 밟자 항의하듯 삐걱거리는 소리가 났다. 조금 더 가까이 다가가자 소리가 들렸다. 염불을 외듯 중얼중얼 일정한 리듬으로 이어지는 소리.

'독경인가?'

무속에도 독경讀經이라는 형태의 의식이 있었다. 꼭 경전을 보고 읽는 건 아니고 외워서 읊기도 하는데 충청도 쪽에서 많이들 했다. 제일 많이 쓰는 경전은 불교의 다라니경이나 도교의 옥추경. 장엄하고 그럴싸한 소리가 나는 데다 아무나 알아듣기도 힘들고 알아들어도 그 나름대로 좋은 말이 가득해서가 아닐까 싶다. 그러나 지금 이어지는 독경은 나도 알아들을 수가 없었다. 좀 더 열심히 귀를 기울여봤지만 어쩌면 아예 한국어가 아닌 것 같기도 했다.

그러고 보니 황은 이 만신이 외국 샤머니즘도 활용한다고 했었다. 지금 이 말을 영어라고 생각한 거라면 잘못 짚었지만.

"니— 알라— 크—"

띄엄띄엄 들리는 말이 전혀 이해가 가지 않았다. 머릿속이 분주해졌다.

'신비감을 주려고 어디 소수 민족 언어라도 빌려왔나? 아무 뜻도 없는 말을 한다든지….'

나는 모여선 무당들을 일 미터쯤 거리에 두고 멈춰서서 숨을 골랐다. 네 명은 적당히 사이를 두고 원을 그리며 서 있었고 그 중앙에 흰 머리의 키 큰 노인이 있었다. 나에게 등을 돌리고 있어서 잘 보이지는 않았지만 고개를 약간 숙이고서 독경인지 주문인지를 읊고 있는 사람은 이 인물 같았다. 그러니까 아마 경자 만신일 것이다.

정신을 가다듬으려 마스크를 살짝 들어 올리고 카페인 껌을 입에 넣었다. 아까부터 신경을 긁던 불쾌한 냄새에 이제는 뭔지 모를 향냄새까지 섞이니 머리가 띵했다. 느릿느릿 이어지는 독경 소리도 졸음을 불렀다. 나는 무슨 말인지 해석해보려다가 살그머니 주머니에 손을 넣어 휴대폰을 찾았다. 일부분만이라도 녹음해서 찾아보면 어디 말인지 알 수 있을 것 같아서였다.

나는 별생각 없이 폰을 만지다가 그대로 굳어버렸다. 만신이 나를 노려보고 있었다. 나를 정면으로 보는 형형한 두 눈이 말로만 듣던 호랑이의 눈 같았다. 아니, 호랑이가 아니다. 이글거리는 금빛 불덩이 속에 가늘게 세로로 찢어진 검은 동공. 뱀의 눈이다. 꼼짝도 못 하게 나를 멈춰 세운 뱀의 두 눈이 점점 커지고, 커지고, 커져서 하늘과 땅을 모두 뒤덮고….

그러나 잠깐만. 헉, 하고 어리둥절해졌다. 노만신은 분명히 나에게 등을 돌리고 있었다. 한 번도 움직이지 않은 것처럼 독경을 계속하고 있었다. 주위에선 신딸들도 마찬가지였다.

순간 공포가 몰려왔다. 악몽 속에서처럼 논리도 이유도 없이 엄습하는 공포였다. 나는 겁에 질려서 뒷걸음질을 치다가 그 집에서 도망쳐 나왔다. 누가 물어본 것도 아닌데 괜히 변명처럼 마스크 속으로 "화장실"이라고 말해가면서.

현관으로 도망쳐 나가서 마스크를 뜯어내듯 벗자다시 불쾌한 냄새가 맹렬하게 엄습했다. 왜 이 냄새는 시간이 지나도 약해지지 않는 건지. 나는 차가 서있는 곳까지 달려가서 문을 벌컥 열고 먹던 생수병을 꺼냈다. 입에 넣기만 하고 제대로 씹지도 못했던 카페인 껌을 해독제처럼 열심히 씹어대며 생수병을 들어 얼굴에 물을 끼얹자 조금 정신이 돌아왔다.

✳

나는 얼굴을 벅벅 문질렀다.

내가 졸았던 걸까? 언제부터, 언제까지?

가슴에 손을 올려보니 유난히 심장이 빠르게 뛰고 있었다.

'계속 잠을 제대로 못 자서 그래. 그놈의 쥐 때문에.'

혹시나 하고 들여다봤지만 녹음 버튼을 누르지 않았는지, 녹음된 건 없었다. 친구들 단톡방을 보았다. 오늘 유행하는 유머가 몇 개 올라와 있었다. 나는 대학원 단톡방 쪽을 열고 한마디 적었다.

'나 황 따라 외딴집에 굿 보러 왔는데 지금 환각 본 듯.'

그러자 바로 몇 명이 반응했다. 주로 웃음이나 놀란 표정의 이모티콘. 그리고 기찬 선배의 말. '야, 그거 진짜면 땡잡았네. 김민서. 베스트셀러 쓸 수 있겠다. 환각 버섯도 있음?'

썩 기분이 좋진 않았지만 웃음이 나오기는 했다.

카를로스 카스타네다라는 사람이 있었다. 미국의 인류학자인데 1960년대에 학위를 따기 위해 조사에 나섰다가 만난 야키 인디언 돈 후앙을 만나 샤먼으로 수행을 했고, 그 경험을 쓴 책이 초대박 베스트셀러가 되어 떼돈을 벌었다고 한다. 한국에도 번역서가 나왔으나 출판사는 정신세계사. 학술서라기보다는 '그쪽' 책이라는 인상이 짙었다.

어쨌든 그 책을 일부 읽은 사람끼리 농담을 주고받은 적이 있었다. 우리나라 샤먼은 이런 신비로운 약물도 비전 여행도 없어서 어쩌냐. 우리도 베스트셀러 쓰고 싶다, 뭐 그런 농담.

정말 그런 기회가 온다면야 반가운 일이기는 했다.

씩씩하게 다시 마스크를 쓰고 들어가려 했더니 그 사이에 벌써 의식이 끝난 건지 흰옷 입은 여자들이 우르르 밖으로 나오고 있었다. 나는 당황해서 얼른 황 옆으로 달려갔다. 어쩐지 황은 주눅 든 얼굴이었고 만신들은 아까보다 더 싸늘했다. 내가 잠깐 자리를 비운 사이에 무슨 일이 있었던 건가 싶을 정도였다.

황에게 물어보기엔 분위기도 험악했다. 혹시 내가 졸아서 분위기가 나빠진 건 아닌가 새삼 켕겼다. 혹시 내가 졸다가 깨면서 이상한 소리라도 내거나 넘어질 뻔하기라도 했던 게 아닐까.

그때 성큼성큼 걸어가던 만신이 걸음을 딱 멈추고 물었다.

"그쪽 분은 뉘신지?"

황이 얼른 나섰다.

"제가 데려왔습니다, 만신님. 말씀드렸지요. 이 아가씨는 김민서 씨라고, ○○대학교에서 공부를 하는데…."

"황 자네한테 묻지 않았네. 조금 전에도 타일렀을 텐데, 사람이 왜 이렇게 경우가 없어."

경자 만신은 냉기 도는 목소리로 바로 말을 잘랐다. 황은 찔끔하여 고개를 숙였다. 쭈뼛거리는 얼굴이 사십 대가 아니라 열 살도 안 된 어린아이 같았다. 나도 덩달아 몸을 움츠렸다. 나에게 큰소리친 건 역시 허풍이었을까. 황은 이 모임에 확실한 자리가 있는 것 같지 않았다.

그러나 나에게 고개를 돌린 만신은 거짓말처럼 표정을 부드럽게 했다.

"김민서 선생이라고? 반가워요. 임경자예요."

✳

"안녕하세요, 김민서입니다. ○○대학교에서 공부 중입니다. 만나 뵙게 되어서 정말 영광입니다, 만신 님."

어딘가 잘생긴 매를 닮은 노인이 내 손을 잡고 고개를 끄덕였을 때, 나는 단박에 그 사람이 좋아졌다. 전체적으로 엄격하고 단정한 데다가 매서운 기운이 감돌아, 장군이라고 해도 믿을 인상이기는 했다. 그러나 무섭지는 않았다. 아니, 무섭기는 했으나 나에게 해를 끼치리라는 생각은 들지 않았다.

황을 무시하고 나에게 친절한 모습 때문이라면 내가 너무 단순하겠고, 품위 있고 당당하면서도 한참 어린 나에게까지 깍듯하게 예의를 지키는 모습이 좋았다고 해두자. 명함도 없고 직함도 없이 그저 '임경자'라고 이름만 말하는 모습도 믿음이 갔다. 내가 보았다고 생각한 무서운 두 눈동자는 서서히 머릿속에서 지워졌다.

"저, 그런데 이 집은 왜 오신 건가요? 아까 안에서 본 의식은 굿 같지는 않던데요."

"굿은 아니고, 사전 준비 같은 거였지요."

만신은 찬찬히 대답하며 주위로 시선을 돌렸다. 마치 그 시선에 지시가 다 담겨 있었다는 듯, 여자 넷이 일사불란하게 흩어져 움직였다. 한 명은 마을 쪽으로 향했고, 두 명은 집 안으로 들어가더니 한 명이 재빨리 의자를 하나 가지고 나와서 만신을 앉혔다. 또 한 명은 특이한 향로와 잡동사니 몇 가지를 챙겨 나왔다. 또 한 명은 내내 만신 옆에 서 있었다. 나중에 보니 마을로 갔던 사람은 그곳에 세워둔 차를 몰고 왔다.

그러는 동안 만신은 느긋하게 설명했다.

무려 백 년 된 집이라고 했다. 당시에는 좋은 재료를 아낌없이 쓰고 최신식으로 야심 차게 지은 주택이었다. 그런데 정작 완성되고 나자 그 집에서 이상하게 많은 사람이 죽어 나갔다. 정신 질환자도 나왔다. 주인이 몇 번인가 바뀌다가 1980년대에 삼십 대 여성이 계단에서 떨어져 사망하고 그 남편이 집을 떠난 게 마지막이었다. 그후 장장 사십 년 가까이 비어 있었다.

정작 주변에서 그곳을 '귀신 들린 집'이라고 낙인찍은 적은 없다고 했다. 흔하디흔한 소문들, 그러니까 밤중에 캄캄한 창문에 희끄무레한 그림자가 지나가는 모습을 보았다던가, 긴 머리를 풀어헤친 여자가 노려보고 있었다거나, 빈집에서 이상한 소리가 들렸다거나 하는 흔한 괴담도 전혀 없었다. 점점 쇠락해 가면서도 이 집은 '귀신 들린 집'이 아니라 '금단의 집'이라는 명성을 얻었다. 덕분에 공포 체험을 하겠다고 흉가를 찾아다니는 청소년들의 레이더망에서 벗어난 건 다행한 일이지만.

나는 의아해졌다.

그 정도로 불운이 쌓여 인식이 안 좋아졌다면 진작에 뭐라도 했어야 하는 것 아닌가. 상식적인 집주인이라면 진작에 리모델링을 하거나, 아예 허물고 새로 집을 지을 만도 하지 않았나. 내 의문에 만신은 가볍게 답했다.

"상속과 소유권 문제가 복잡하게 꼬여 있었답니다."

그 답에는 수긍이 갔다. 기나긴 소송과 행정 절차 끝에 겨우 소유권을 확정한 집주인이 이제야 이 집으로 뭔가 해보려고 하니, 뭘 하든 그 전에 깨끗하게 과거를 털어내고 싶은 모양이었다.

뭐 그런 거라면야 굿을 하든 정화를 하든 의식을 치름으로써 집주인이 기분을 새로이 하고 싶어졌을 수도 있겠다. 위험하고 기분 나쁜 집이었지만 사십 년 가까이 비어 있었다고 생각하면 놀랄 만큼 상태가 좋아 보였다. 잘 청소하고 리모델링이라도 하면 식당 이나 카페에 어울리지 않을까.

"그러면 며칠 후에 다시 굿을 하시는 건가요? 언제 인지 여쭤볼 수 있을까요?"

물론 그 질문에는 보러 와도 되냐는 물음이 포함되 어 있었다. 만신은 그 질문에 잠시 눈을 가늘게 뜨고 나를 보더니 고개를 끄덕였다.

"그래요. 기왕 이렇게 된 것, 보러 와도 괜찮겠지 요. 나도 김민서 선생과 인연을 잘 이어가고 싶군요. 연락은 어떻게 하면 될까요?"

"네, 네! 여기, 여기 제 명함입니다. 여기 전화번호 로 연락주시면 꼭 시간 맞춰 찾아뵙겠습니다. 감사합 니다. 감사합니다."

생각보다 격의 없는 반응은 의외였으나 그렇다고

다른 무당과 다를 게 없다는 생각은 들지 않았다. 황의 허풍 탓이 아니라 뭔가 다르기는 달랐다. 이런 게 진짜 사람들을 현혹하는 무당의 자질일지 모른다는 생각을 하면서도 나에게 보여주는 호감에 어쩐지 우쭐하고 마음이 들떴다.

이제는 일이 조금 잘 풀릴지 모른다는 기분도 들었다.

다음 며칠은 모처럼 쥐에 대한 강박에서 벗어나서 다른 데 정신을 쏟을 수 있었다. 다시 가게 될 '금단의 집'에 대한 조사였다.

세상에 쓸데없는 공부만큼 재미있는 게 없다고 했던가. 나는 이 열정으로 들이팠으면 석사 논문을 벌써 완성하지 않았을까 싶게 빠져들었다.

'금단의 집' 연대기는 1910년, 처음 그곳에 집을 지은 스즈키라는 일본 무역상에서부터 시작됐다.

사업이 잘되어 가면서 야심 차게 조선에 집을 짓고 일찌감치 젊은 부인과 함께 이사를 했는데, 그 집에 들어갈 당시 임신 중이었던 부인이 얼마 후 유산을 했다. 아직 부인이 회복도 하기 전에 아직 어리던 두 아이도 차례로 앓아누웠다. 의사는 소아 열병이라고 말했다던데 정확히 무슨 병이었는지는 지금 와서 알 수는 없는 일이다. 백 년 전이니 위생 상태도 좋지는 않았을 테고 의학도 많이 뒤떨어져 있었겠지. 아이들이 앓아누운 상태에서 제일 먼저 죽은 것은 아이들을 돌보던 하녀였다니 전염병이었을 가능성도 있겠다.

뒤이어 스즈키가 사망했다. 이쪽은 병이 아니고 사업차 일본에 가는 길에 죽었다고 한다. 사인은 모른다. 어쨌든 병석에 누운 채로 남편의 부고를 접한 부인은 큰 충격에 정신이 쇠약해졌고 이는 큰아이 유코가 죽자 더 심해졌다. 설상가상, 집안일을 도맡아 돌보던 청지기 백 씨가 집안에 계속 이상한 냄새가 난다고 호소하다 못 해 일을 팽개치고 도망쳤다. 남은 세 모자는 방치되어 죽을 뻔했다가 스즈키의 장례와 유산 문제 때문에 일본에서 건너온 친척이 발견하여 겨우 살아났다. 그러나 스즈키 부인은 두 번 다시 제정신을 찾지 못했다. 여기까지가 겨우 오 년 만의 일이었다.

그때쯤 되자 당연한 수순으로 그 집이 저주받았다는 소문이 돌기 시작했다. 의외로 이 소문의 내용은 문자로 명확하게 남아 있는데 그 집에 새로 들어간 조선인 하녀가 "주인집에 앙심을 품고 유언비어를 지어내어 퍼뜨리며 해를 끼쳤"다는 내용으로 경찰 조사를 받은 내용 때문이었다. 이름도 제대로 남아 있지 않은 이 하녀는 스즈키가 명당을 탐내어 원래 무덤이 있던 곳을 파헤치고 집을 지었기에 저주를 받은 게 분명하다고 말하고 다녔다고 한다. 무덤에 있던 시체가 살아나서 돌아다니기에 계속 집 안에서 이상한 냄새가 난다는 말도 했다.

나는 이 기록을 발견한 후 수첩에 따로 '경성 시대 뱀파이어?'라고 적었다.

'이건 좀 재미있는데. 무덤을 파헤치고 집을 지어서 저주받았다는 논리는 딱 우리나라스러운데, 거기서 시체가 살아나서 돌아다닌다로 건너뛰다니. 그때도 좀비 같은 게 있었나? 아니면 뱀파이어? 이때쯤 일본인에 대한 반감이 드러난 이야기라고도 볼 수 있겠지?'

흥미진진한 생각이었으나 아쉽게도 하녀의 주장이 어떻게 판명 났는지에 대한 내용은 없었다. 하긴 누가 그걸 진지하게 확인했겠는가. 그나마 기록으로 적어놓은 것만도 다행이라고 생각해야겠지.

이후 스즈키 부인의 소식은 알 수 없고 살아남은 아이는 아마도 일본의 친척 집으로 가지 않았나 싶다. 기록상 소유주는 계속 스즈키로 남아 있었으나 다시 이곳으로 돌아오는 일은 없었고 이 집에는 여러 명의 세입자가 거쳐 갔다. 그리고 세입자 중 다섯 명이 각기 다른 병으로 죽거나 그 집을 떠났다. 1930년대 말, 새로 세를 놓기 전에 반드시 집을 구석구석 소독하라는 경무총감부의 지시가 있었다는 기록에 그 이유로 남아 있었다.

여기까지 보면, 흔한 괴담의 소재로는 보이지 않았다. 그러나 확실히 찜찜하기는 했다. 정말로 집을 지어선 안 될 땅에 집을 지은 게 아닐까 하는 쪽으로 생각이 기울었다.

1940년대부터 1950년대, 전쟁기의 기록은 당연히 불명확하다. 지금까지도 토지 대장이 실종된 채, 현실에는 멀쩡히 존재하지만 국가 기록상으로는 유령이 된 땅과 집들이 생각보다 많았다. 일본인 명의로 남은 채 국가 환수가 되지 않고 허공에 붕 뜬 토지도 제법 남아 있었다. 다행히 이 부분은 넘겨받은 자료로 시간을 절약할 수 있었다. 근처에 사는 사람들의 증언을 모아놓은 자료였는데, 마지막으로 그 집에 살던 일본인은 실종되었다는 의견이 다수였다. 뒤이어 무슨 경로인지 얼렁뚱땅 그 집을 차지하고 살던 가족은 전쟁 통에 죽었다고 했다.

전쟁. 전쟁 중에 그 집에 몇 명이 발을 딛고 또 몇명이 죽었을까. 어느 집이나 죽은 사람 하나쯤은 다 있었을 시기이니 여상한 일이었다.

금단의 집은 폭격 피해도 없이 전쟁에서 살아남았다. 그리고 새 주인을 맞이했다.

1960년대에 그 집의 소유주가 된 신모 씨는 2층에 일부 있었던 다다미방을 없애고 난방을 새로 설치했는데, 정작 연탄가스 중독으로 노부모와 동생을 잃었다. 신문 기사에 따르면 크게 상심했다지만 그렇다고 바로 그 집을 떠나지는 않고 다시 수리를 했다. 몇 년

후, 이번에는 같이 살던 식모가 큰일을 일으켰다. 계속 연탄가스가 다시 새는 것 같다, 이상한 냄새가 난다, 아무리 청소를 해도 냄새가 가시지 않으니 내 탓이 아니다, 이 집에 뭔가 이상한 게 있다 호소하다가 어느 날 눈이 휙 뒤집혀서 식칼을 들고 집안 식구를 난자했다.

나는 이 대목에서 잠시 소름 돋은 팔을 문질렀다. 꺼림칙하게 죽은 사람이 많았다고는 하지만 정말로 피비린내가 풍기는 사건은 이것이 처음이었다. 식모의 살인이란 꽤 큰 뉴스거리였는지 기사 스크랩이 많았는데, 온갖 불확실하고 서로 모순되는 추측들이 공존했다. 그러나 대체로 살해 동기에 대해서는 정신질환이라는 불확실한 말로 넘어가는 분위기였다. 학대설을 들고나온 기사도 있기는 했으나 절대 아니라며 얼마나 제 식구처럼 잘해줬는지에 대한 신 씨의친척 친구 등등의 말이 잔뜩 실렸다.

분명 이 집이 불길하다는 소문이 확실히 자리를 잡았다면 이때였을 것 같다. 일제 강점기 일본인 사업가 가족의 불행이나 세입자들의 연이은 죽음보다야,

재건하던 나라에서 제법 잘살던 집안에 일어난 변고가 더 이목을 끌지 않나. 열세 살에 상경하여 남의집 살이를 하며 무슨 일을 당했을지 모르는 여자애도 그렇고.

나만 해도 이제까지 활자로만 본 무수한 죽음은 이미지가 선명하게 떠오르지도 않았지만 이 사건만은 끔찍하게 다가왔다. '이상하게 죽은 사람이 많았다'는 말만 들었을 때와는 완전히 달랐다. 그와 동시에 그 집의 비밀이 과연 뭘까 하는 호기심은 한층 강해졌다.

'아무래도 무속과는 아무 상관 없어 보이지만.'

소녀의 광증이 주목을 끄는 것과 별개로 이 집의 괴이함은 한국의 전통적인 괴담 구조에서 완전히 벗어나 있었다. 이게 괴담이라면 식모의 억울한 원혼, 아니면 예전에 억울하게 죽은 원혼 같은 게 이야기의 중심이 되는 것이 보통이 아니겠는가. 그러나 금단의 집 연대기에서 주인공은 누구의 죽음도, 누구의 유령도 아니었다. 나는 괜히 더 쓸쓸해지는 마음에 한숨을 내쉬고는, 수첩에 적은 '이상한 냄새'라는 키워드에 몇 번인가 동그라미를 쳤다.

이상한 냄새가 난다는 말은 분명 훨씬 더 전에, 아직 스즈키 가족이 살던 시기에도 몇 번이나 나왔다. 주로 청지기와 하녀들의 증언으로. 그러니 어쩌면 연탄가스 중독도 실제 사인이 아닐지도 몰랐다. 그 전에 경무총감부에서 내렸다는 지시, "세입자가 연속으로 병사했으니 구석구석 소독을 실시하라"라는 내용과도 일치했다.

이상한 냄새라고 하면 나도 그 집에 들어선 순간부터 맡았다. 설마 계속 같은 냄새가 맴도는 건 아니겠지. 같은 냄새라면 동물의 사체와는 아무 상관도 없어진다. 뭔가 독이 있는 물질은 아닐까 하는 생각이 떠올랐다. 그렇다면 건축 자재나 페인트, 아니면 땅 자체 문제일까.

그 집의 수수께끼를 찾아내는 게 내 임무는 아니지만 혹시라도 그 집에 독성 물질이 있는 거라면 그 집에 다시 갈 모두의 안전이 달린 문제였다.

혹시 냄새 이야기가 더 있을까 살펴보았다. 연탄가스 중독사와 살인 사건이라는 엄청난 참사도 시간이 지나자 잊혔는지 1980년대에 또 새로운 사람이 이 주

✳

소에 이름을 올렸다. 물론 당시에 다시 싹 새로 수리를 했던 모양이다. 지금의 집은 이때의 형태를 유지하고 있을 터였다.

그리고 이 삼십 대 부부의 이야기는 여자 쪽이 계단에서 굴러떨어져 사망하고 남자가 실종되었다는 결론으로 끝났다. 어쩐지 추리 소설에서 본 살인 사건 같아서 기분이 나빴지만 신문 기사 아카이브를 뒤져봐도 후속 보도는 없었다.

거기까지였다. 집이 빈 이후에는 생각 없이 담력 시험을 하러 들어간 청년들이 기괴하게 죽었다는 뉴스 하나 없었다. 문제의 마지막 소유주는 어떻게 된 건지, 실종 상태에서 찾아내기는 한 건지 뉴스가 없었다.

이 긴 역사를 정리하고 나니 새삼 기분이 복잡했다. 무섭다기보다 놀라웠고, 흥미로우면서도 기분이 나빴다. 금단의 집에서 맡았던 냄새가 코끝에 살아난 듯 몸이 찌뿌드드했고 두통이 왔다.

게다가 푹 빠져 있던 조사를 끝내고 나니 며칠간의 평온도 거짓말처럼 끝나버렸다.

✳

자려고 누울 때마다 악몽이 돌아왔다.

이제는 악몽 속의 벌레들이 아주 크고 보기 흉한 쥐로 변해 있었다. 쥐가 다 그렇게 생긴 게 아니라고, 귀여운 생쥐나 다람쥐 사진을 떠올려보려 했지만 도움은 되지 않았다. 자꾸 벽 속에서 이상한 소리가 들리는 것 같았다. 쥐 떼들이 내 방 벽 속을, 바닥 속을 돌아다니는 것 같았다. 여러 집이 얇은 칸막이만으로 나뉜 이런 연립 주택의 벽 속에 공간이 있을 리도 없건만, 그런 논리를 아무리 들이대도 마음이 가라앉지 않았다.

상상은 뭉게뭉게 피어올라 실체를 갖추고 내 머릿속을 갉아먹기 시작했다. 한술 더 떠서 이제는 이상한 냄새가 난다는 생각도 계속 들었다. 마치 며칠 전 흥가에서부터 내내 따라온 냄새가 코끝에 달라붙어 있는 것처럼. 며칠? 그게 겨우 며칠 전이었나? 몇 달은 지난 것 같은데. 나는 그런 생각을 하면서 오 분에 한 번씩 일어나서 집 안을 돌았다. 수챗구멍을 들여다보고 베이킹소다를 뿌리고, 배수구에 뜨거운 물을 붓고, 화장실을 둘러보고 방향제를 더했다.

그러고 나니 좀 안심이 되었던 것도 잠깐뿐, 누웠다가 또 냄새가 난다는 생각에 다시 일어나서 향수를 뿌렸다.

생각해보면 말이 안 되는 이야기였다. 설령 방 안에 어떤 냄새가 나는 게 사실이라 해도 인간의 코는 냄새에 적응하게 되어 있지 않은가. 그러니 시간이 지나면 실제로 나는 냄새도 잊게 되어 있지 않은가. 이렇게 내내 똑같은 강도로 냄새가 날 리가 없었다.

그걸 알면서도 참을 수가 없었다.

혹시 벌써 죽은 쥐들이 어디선가 썩고 있는 건 아닐까 하는 생각이 또 떠올랐을 때, 나는 열 번째로 침대에서 일어났다.

혹시나 사체가 있으면 찾아내려고 집 안 구석구석을 뒤졌다. 싱글 침대를 혼자 밀고 끌어서 그 아래 쌓인 먼지를 다 흩어놓은 정도는 약과였다. 책이 이중, 삼중으로 꽂힌 책장을 움직이기 위해 그 책을 다 들어내고 책장을 밀어 옮겼다. 불안에 떠느라 조금도 기다릴 수가 없었다. 차라리 이렇게 용을 쓰다가 지쳐서 쓰러지기라도 하면 잠을 제대로 잘 수 있지 않을까 하는 생각도 있었다.

아마 그때 내가 내 모습을 볼 수 있었다면 소스라쳤을 것이다. 머리는 산발하고 눈에는 핏발이 서서 뭔가에 홀린 사람처럼 집 안을 뒤지고 다니는 모습이 그야말로 귀신 같았을 테니까. 나중에 돌이켜보고도 그랬을 것이라 그려볼 수 있었다. 아니, 혼몽 속에서 어느 순간인가 그 모습은 책에서 보았던 요괴, 아니면 어린 시절 학교에서 들었던 괴담 속에서 물구나무를 서서 복도를 돌아다니던 귀신의 형상이 되어 있었고 나는 멀찍이 떨어져서 남을 보듯 그 모습을 보고 있었다.

쾅쾅쾅쾅쾅!

나는 헉, 하고 얼어붙었다.

누군가가 문을 두드리고 있었다.

나는 꿈에서 깨어난 듯 주위를 둘러보았다. 집 안은 도저히 집이라고 부를 수 있는 상태가 아니었다. 발 닿는 데마다 책이 쌓여 있었고, 책장이며 옷장, 침대가 다 제자리에서 벗어난 데다 그 밑에서 나온 먼지 덩어리가 뒹굴었다. 바깥은 한밤중인데, 내가 그걸 다

움직인 거다. 아래층에서 뛰어 올라올 만도 했다.

이번에는 내가 생각해도 요란하게 저질러놨으니 미안하면서도 무서웠다. 나는 문을 열지 않고 숨까지 죽인 채 집에 없는 척, 그 남자가 가버리기만 기다렸다.

문을 아무리 두드려도 내가 없는 척하자 남자는 "×발! 잠 좀 자자고!" 소리를 지르며 마지막으로 내 방문을 쾅 걷어차고 내려갔다.

발소리가 사라질 때까지 가만히 숨을 죽이고 있다 보니 어쩐지 눈물 나게 서러워졌다.

어느새 나는 바닥에 주저앉아 울고 있었다. 그렇게 우는 것도 어릴 때 이후 처음이었다. 울면서도 또 겁이 났다. 내가 미쳐 가나? 이게 미치는 걸까? 나도 어머니를 따라 발병한 걸까? 산발을 하고 집안을 엉망으로 만든 채 주저앉아 울고 있는 내 모습은 영락없는 미친년이었다.

그때, 음악 소리가 들렸다.

나는 놀라서 울음을 그쳤다가, 딸꾹질을 하면서 조심스레 음악 소리의 진원지로 다가갔다. 그건 내 전화기였다.

　화면에 뜬 것은 모르는 번호였다. 새벽 세 시에 전화가 올 곳이, 있었나? 혹시 아랫집에서 경찰에 신고라도 한 건 아닐까 하는 생각이 먼저 떠올랐지만 내 손은 전화기를 잡고 있었다.

　"여보세요?"

　"에, 김민서 선생 전화 맞소?"

　카랑카랑한 목소리가 나를 붙잡고 있던 검은 안개 같은 것을 상쾌하게 깨뜨렸다. 나는 전화기를 붙잡은 채 멍청하게 딸꾹질을 했다.

　"나 경자예요, 임경자."

　"만, 만신님…?"

　경자 만신은 어째서 그 시간에 전화를 걸었는지 같은 것을 설명하지 않았다. 그저 나에게 무슨 일이 있느냐 물었다.

　"쥐, 쥐가, 집에 쥐가 있는데요. 잠을 못 자겠는데, 이상한 냄새도 나고, 그런데 아랫집에서 시끄럽다고, 화를, 화를 내는데, 그것도 무서워서, 제가, 제가 미친 걸까요?"

✳

내가 더듬거리며 중언부언 말하자 건너편에서 잠시 침묵이 돌아왔다. 그 침묵에 다시 아득해지려는데, 내가 전화기를 떨어뜨리기 전에 단호한 목소리가 날아왔다.

"거기서 당장 나와요. 나와서 나한테 와요."

말씀만 감사히 받겠다거나, 잘 알지도 못하는 분에게 그런 폐를 끼칠 수는 없다거나 하는 뻔한 인사가 하나도 나오지 않았다. 그런 생각조차 떠오르지 않았다. 나는 허둥지둥 겉옷을 걸치고, 지갑과 휴대폰과 충전기만 챙겼다가 다시 돌아가서 차 키를 찾고, 나갔다가 또다시 돌아가서 금단의 집에 대해 모은 자료들을 그러모았다.

혹시나 아래층 사람이 튀어나올까 긴장해서 살금살금 계단을 내려갔다. 계단이 하나, 둘, 셋, 넷, 다섯, 여섯, 일곱….

골목길을 빠져나간 후에 차창을 열고 찬 바람을 들이자 겨우 숨이 크게 쉬어졌다.

노만신은 별말 없이 문을 열어 나를 안으로 들이더

니 따뜻한 머그잔부터 쥐어주었다. 내가 차를 마시면서도 덜덜 떨자 담요도 둘러주었다.

"제가 왜 그랬는지 모르겠어요."

나는 나도 모르게 그에게 사연을 늘어놓고 있었다. 말이 콸콸 쏟아져 나왔다. 언제부터 쥐가 나왔는지, 어떻게 나를 괴롭혔는지 자세히 설명하고 그 쥐를, 쥐가 나오는 집을 세놓은 집주인을, 사체도 치워주지 않는다며 돈을 받아간 직원을 성토했다.

아직 그 쥐를 실제로 본 적도 없었건만 내 머릿속에는 이미 확고하게 쥐가 자리 잡고 있었다. 내 음식을 먹고, 내 집 안을 뛰어다니며 불결한 세균을 퍼뜨리고 호시탐탐 나를 물어뜯으려 하는 무서운 쥐.

하지만 쥐가 있다는 걸 의심하지 않더라도, 내 입으로 늘어놓다 보면 내 행동이 이상하기만 했다. 논리적이지도 않고 뭔가 이야기에 구멍이 뻥뻥 뚫린 것 같았다.

나는 이야기하다 말고 말해버렸다.

"제가 미쳐 가는 걸까요?"

어쩌면 그게 아니라 살이 꼈다거나 악령이 붙었다

고 할지 모른다고도 생각했다. 그런 말을 기대하기도 했다. 믿지는 않는다 해도, 자기 말대로만 하면 다 해결되고 좋아질 거라는 말을 듣고 싶었다. 원래 이런 사람들이 하는 일이 그것 아닌가.

그러나 경자 만신은 가만히 나를 보며 생각지 못한 질문을 던졌다.

"미치는 게 무섭소?"

"네? 네, 네, 무섭죠. 너무 무서워요."

그러자 경자 만신은 다시 물었다.

"왜?"

나는 조금 멍해졌다. 세상에 그 누구도 죽는 게 무섭냐고 묻지는 않을 것이다. 누구나 죽음을 두려워하고, 그것은 당위였다. 보통은 미치는 게 무섭다는 마음도 비슷하게 생각하지 않을까.

"왜, 왜냐고 하시면, 그냥, 끔찍하잖아요. 아무도 절 믿지 않을 테고, 사는 것도, 지금보다 더 힘들어질 테고, 여기저기 민폐고."

말하면서 내 목소리는 점점 작아졌다. 도저히 내 가장 큰 두려움만은 입 밖으로 나오지 않았다. 나는 어머니를 생각하다가 입을 다물었다.

만신이 조용히 말했다.

"미친다는 말에도 여러 가지 뜻이 있지 않소. 미쳐서 더 괴로울 때도 있고, 미쳐서 오히려 편해질 때도 있지."

"그럴 수도… 있나요?"

"내가 열네 살쯤인가에 신병이 찾아왔어요."

무당들에게는 흔한 이야기였다. 신병神病 또는 무병이라고 하는 현상. 원인 모를 온갖 증상들로 고통을 겪는데 병원에서는 원인을 찾지도 증상을 낫게 하지도 못하다가 내림굿을 받고 신을 제대로 받아들이면 멀쩡해진다고 한다. 한국에만 있는 특유의 정신 질환으로 정신 의학서에도 올라가 있었지만 동시에 신병은 정신병이 아니라고 소리 높여 주장하는 무당들도 있었다.

"신을 받아들일 때까지 이 년을 꼬박 앓았지. 엄청나게 아팠어요. 죽어서 지옥에 떨어졌다고 생각할 만큼 아팠어서, 지금도 가끔은 내가 그때 이미 죽고 그동안은 계속 죽은 후의 삶을 살고 있나 하기도 해. 어쩌면 열네 살 때부터 지금까지 쭉 미쳐 있는 것도 같고."

반듯반듯한 경자의 말을 들으며 나는 뭐라고 해야할지 몰랐다. 신병을 진짜라고 믿지는 않았지만 신병을 앓은 무당들의 고통은 진짜 같았다.

"많이 힘드셨겠어요."

"그런데 그게 나쁘지만은 않았어요. 좋은 것도 있더라고. 우선 꼴도 보기 싫던 남편을 버릴 수 있었고, 날 굶기고 때리던 시아버지한테도 큰 소리로 호통을 칠 수 있었고. 칼을 잡고 호령을 했더니 시댁 식구들이 다 내가 무서워서 뒷걸음질 치는 꼴이 얼마나 우습던지."

경자 만신은 장난기 어린 눈으로 웃었지만 내가 따라 웃기에는 너무 무거운 이야기였다.

"게다가 신령님이 내려오시고 나니까 무서운 게 없어지더라고. 호랑이도, 역병도 내 신장님에 비하면 가소로웠으니까. 그후로는 가난도, 배고픔도, 손가락질하는 사람들도 무섭지가 않았어."

그 말을 듣고 내 두려움도 훨훨 날아갔다고 말하고

싶지만 그런 기적은 일어나지 않았다. 다만 그 간략한 과거사는 내가 이전부터 의심하던 신병의 이유를 구체적으로 보여줬다. 다른 나라에서 샤먼에 해당하는 사람은 남자도 많건만 한국에서 무당이라고 하면 자동으로 여자를 떠올릴 만큼 성별이 치우쳐 있는 것이 과연 이런 경험들과 무관할까. 신병이 와서 고통스러운 게 아니라, 고통스럽기 때문에 신병이 온다. 오랫동안 신병과 신내림은 고통스러운 상황에 처한 많은 여자들에게 탈출구가 되어줬을지도 모른다. 누구에게나 도움이 되지는 않았을지라도.

멍하니 그런 생각을 하다 보니 미친 듯 널뛰던 마음이 조금씩 가라앉았다. 노만신은 그 타이밍도 정확히 예상했다는 듯, 조금 자고 나서 다시 이야기하자며 내 등을 밀었다. 나는 아무 생각 없이 그의 손길에 몸을 맡겼다.

몇 시간이라도 쉬 생각 없이 자고 일어나자 기운이 나고 머리가 조금 맑아졌다. 그러고 나니 뒤늦게 의아해졌다. 왜 그 지경이 되도록 그 집을 떠날 생각을 못 했을까. 돈이 없다지만 학교에 하루 이틀쯤 재워

줄 사람들은 있었다. 돌이켜 생각할수록 내가 왜 그랬는지 나도 이해가 가지 않았다.

이불을 잘 개어놓고 손으로 대충 머리를 빗으며 방을 나서니, 편한 바지 차림의 경자 만신이 식탁 앞에 앉아서 유유히 커피를 마시고 있었다.

뒤늦게 복합적으로 희한하다는 생각이 들었다. 무당들도 평소에 보통 사람처럼 생활하는 건 당연한 일이건만, 경자 만신이 네 명의 제자와 함께 살고 있는 곳이 주택조차 아닌 최신형 아파트라는 게 이상해서 웃음이 나올 것만 같았다. 거기에 내가 뛰어들었다는 사실도 웃겼다.

혼자 웃고 나니 마음이 따뜻해지면서 동시에 이 사람에게 형편없는 꼴부터 보였다는 게 조금은 부끄러웠다. 그러면서도 이상하게 자꾸 기대게 됐다. 푸근한 할머니라든가 뭐든지 받아주는 어머니 같은 환상은 절대 아니었다. 그는 오히려 내가 만나본 적 없는 스승님이나 웃어른 같았다. 추태를 보이고 싶지 않은 마음과, 그래도 이 사람이라면 내게 답을 알려줄지 모른다는 기대가 교차했다.

나는 큼큼 소리를 내고 다가가서 더듬더듬 안녕히 주무셨냐고 인사했다.

무슨 말을 더할까 했으나 만신은 무슨 일이 있었냐는 듯 심상하게 말했다.

"우선 씻고 아침 먹어요. 난이가 요리를 제법 하거든."

경자가 '난이'라고 부른 사람이 기다렸다는 듯 내 앞에 척척 밥을 차렸다. 네 명의 신딸 중 하나였다. 나중에 만신이 그 네 명을 매난국죽으로 부른다는 것을 알고는 현대 배경의 고전극 속에 들어온 기분이 들었다.

나는 얼떨떨한 기분으로 따뜻한 잡곡밥과 갈치조림을 먹고, 새 칫솔과 속옷까지 얻어서 샤워를 했다. 밥은 맛있었고, 샤워를 하자 기분 나쁜 기억이 다 씻겨나가는 듯했다.

나는 수면과 식사와 샤워로 얻은 용기가 흘러나가기 전에 전화를 걸었다. 가능하면 피하려고 했던 집주인의 번호였다.

차근차근 따져보자. 쥐가 있다는 건 내 망상이 아

니었다. 분명히 해충구제업체 직원이 와서 과자 봉지를 보았고 아마 쥐가 있는 것 같다고 했다. 그후에 공황에 빠져서 집 안을 뒤집어엎은 건 내 이상 반응일지 몰라도, 사실 자체는 존재했다.

그렇다면 설명할 수 있을 것이다.

집주인 아저씨는 처음 계약할 때만 인자한 척했고 그후에는 무슨 일이 있을 때마다 딱딱거리며 사람을 피곤하게 하는 사람이었다. 사소한 문제 하나라도 해결하려면 한참을 밀고 당겨야 했고, 겨우 수리비를 내주면서도 사실은 안 해도 될 것을 해준다, 아가씨가 물건을 잘못 쓴 거다 하는 식으로 잔소리를 퍼부었다. 어지간한 일에는 연락을 피하고 싶었던 것도 그래서였다. 아니나 다를까, 아저씨는 짜증이 가득한 목소리로 외쳤다.

"그게 무슨 생트집이야. 쥐라니, 그 멀쩡한 건물에 무슨 쥐가 있어? 관리도 잘했구만. 그 건물에 사람 산 지 이십 년이 넘도록 나도 그렇고 아무도 쥐 같은 거 본 사람이 없어요. 나 참, 사람을 무슨 철거할 건물에 세 놓는 파렴치한 취급하네. 안 그래도 아랫집에서 전화해서 윗집이 미친 것 같다고 펄펄 뛰던데, 밤중에 시끄럽게 쿵쾅대놓고 괜한 핑계 대는 거 아닌가?"

전 같으면 이쯤에서 내가 잘못한 것만 생각하고 주눅이 들었을 것이다. 그런데 지금은 그럴 생각이 전혀 들지 않았다. 오히려 화가 났다.

"그럼 제가 뭐, 헛것을 봤겠어요? 제가 아니라 해충구제업체 직원이 한 말이에요. 저는 쥐라고 생각도 안 했는데, 전문가가 쥐라고 했다고요. 빵이며 과자를 갉아먹은 흔적, 그거 증거 사진도 있고 영수증도 있어요. 벌써 제 돈으로 약도 놨거든요. 다른 방에서 다 방 빼겠다고 할까 봐 신경 써서 조용히 처리하려고 했는데, 저만 괜히 이상한 사람 만드시면 안 되죠. 잘 생각하세요. 쥐가 들끓는 건물이라고 소문나면 손해가 더 크시지 않겠어요?"

따박따박 조리 있게 말하지는 못했다. 말이 원하는 만큼 침착하게 나오지도 않았다. 그러나 더듬거리면서도 말이 나오기는 나왔다.

건물주는 내가 강하게 나가자 당황한 것 같았다.

✳

평소의 태도를 생각하면 어디서 따박따박 대드냐고 화낼 줄 알았는데, 내가 세게 나가자 어물어물 무슨 말을 그렇게 하느냐며 달래려 들었다. 청소를 제대로 안 한 게 아니냐며 슬쩍 또 내 책임으로 미뤄보려고는 했지만.

"전 해결될 때까지는 거기 들어가고 싶지도 않으니까 쥐는 아저씨가 열쇠로 따고 들어가시든 뭘 어쩌시든 알아서 해결하세요. 이사 비용만이 아니라 제가 해충구제업체에 낸 돈도 당연히 내주셔야 하고요. 안 그러면 저도 조용히 못 나갑니다. 필요하다면 소송도 할 수 있어요. 솔직히 집에도 못 들어가고 일도 제대로 못 한 거 생각하면 손해 배상도 청구할 수 있거든요."

전화를 끊고 나자 속이 시원하면서도 착잡했다. 세게 나가니 말이 먹히는 것도 기분이 좋지 않았고 이게 과연 잘 대처한 건지도 자신이 없었다.

그러나 나는 고개를 휘휘 젓고 짐을 챙겼다.

다시 한번 고맙다고 머리를 조아리고 이제 가보겠다고 하자 경자는 뭔가를 가늠하는 것처럼 눈을 가늘게 뜨고 나를 보았다.

"그래, 해결은 잘됐소?"

"해결됐다고 할 순 없지만 이제 어떻게든 할 수 있을 것 같아요."

이사 갈 집도 알아봐야 하고 아마 집주인과도 계속 실랑이를 벌여야 할 테지만 그런 말까지 할 필요는 없으리라. 마음을 다잡는데 경자가 다시 말했다.

"해결될 때까지 얼마든지 더 있어도 돼. 도울 만한 여유 있어서 돕는 거니까 그렇게 전전긍긍 미안해할 것도 없고."

여유가 있어서 돕는다는 말은 사실이겠지만 그래도 선뜻 받아들일 수야 없었다. 세상에 공짜가 어디 있겠는가.

"고마운 말씀이지만 그럴 수야 없죠."

내가 입을 떼는데, 겹쳐지듯 다음 말이 들려왔다.

"그렇지, 원래는 다른 것 때문에 전화했는데 말이야. 지난번, 금단의 집에 같이 다시 가기로 했었지요? 모레로 잡아놓았으니 그때까지 같이 있는 것도 방법이겠네."

"모레요?"

*

금단의 집! 그 이름을 듣자 내가 열심히 팠던 그 집의 과거사가 생생하게 떠올랐다. 기분 나쁘고 비현실적이면서도 이상하게 친숙하던 그 집의 풍경도 같이 떠올랐다. 나도 모르는 사이에 내 입이 나불대기 시작했다.

"그 집 말인데요, 실은 제가 궁금해서 조사를 좀 했거든요."

"조사?"

경자 만신이 어느 정도 관심이 있는지 가늠하기는 힘들었다. 그러나 무관심하게 느껴지지도 않았다. 나는 힘을 내어 금단의 집에 대해 조사한 내용을 늘어놓았다.

"…그래서 말인데요, 자꾸만 나오는 냄새에 대한 언급도 그렇고, 흉사가 많다곤 하지만 주로 병이었던 것도 그렇고요. 전 어쩌면 독이라든가, 환각 성분이 있는 어떤 물질이 있을지도 모른다고 생각합니다."

신이 나서 내 추측을 늘어놓기는 했는데, 마지막에 가서는 다시 조심스러워졌다. 굿을 해서 액운을 떨어내야 하는 무당에게 독이나 환각 물질을 조사하자고

✳

하다니. 신통력을 의심한다 여기지는 않을까. 괜한 짓을 한다고 여기지는 않을까. 애초에 내 말을 진지하게 들어주기는 할까.

흰머리의 만신은 잠시 생각하는 것 같더니 천천히 고개를 끄덕였다.

"그럴 수도 있겠구먼. 그러면 어떻게 하는 게 좋겠소?"

"괜찮으시다면! 제가 조사를 해볼까요? 아직 오늘, 내일 시간이 있으니까요."

금단의 집에 다시 가고 싶어 안달이 난 건 아니지만 경자 만신에게 보답할 기회를 놓칠 수는 없었다. 다시 내가 뭔가를 할 수 있고 해결할 수 있다는 활력도 생겼다.

물론 내가 선생님에게 잘 보이고 싶어 하는 초등학생처럼 애쓰고 있다는 사실도 자각하고 있기는 했다.

그래서 이야기는 내가 소중하게 부여잡고 있는 그 기억의 순간으로 넘어간다.

해가 뉘엿뉘엿 넘어가는 시간이었고, 내 옆에는 옥

＊

색 치마 연보라색 저고리 차림에 부채와 방울 그리고 소독약과 토치로 무장한 노만신이 서 있었다.

소독약과 토치가 다가 아니었다. 우리의 짐에는 손전등, 방독면, 식초, 베이킹 소다, 락스, 알코올, 미니 가이거 계수기, 미니 소화기, 미니 산소통 그리고 각종 청소 도구가 들어 있었다. 물과 간식도 넉넉했다. 심지어 일행은 우리 둘만이 아니라 매난국죽에다, 우연히 연락이 닿아서는 기껏 어려운 인연을 만들어줬더니 자기를 따돌리고 다 차지하려 든다고—그런데 무엇을?—펄펄 뛰는 바람에 뺄 수가 없었던 황까지 더해서 총 일곱 명이었다.

모두가 내 말을 진지하게 받아들여준 건지, 대규모로 나를 놀리는 건지 헷갈렸다.

나는 차마 그런 질문을 하지 못하고 신경 쓰이던 다른 문제를 물었다.

"그 옷은 좀, 거추장스럽지 않으시겠어요?"

옥색 치마가 먼지 구덩이를 쓸고 다닐 것 같았다. 그러나 만신은 태연하게 대답했다.

"이건 우리의 전투복이니까."

그 말에 연령대는 서로 다르지만 똑같이 무표정한 얼굴을 한 매난국죽 네 자매가 고개를 끄덕였다. 황은 대한민국 아저씨들의 전투복이라 할 수 있는 등산복 차림이었으니 굳이 왜 그렇게 입었냐고 물을 이유도 없었다.

만신이 마치 굿을 시작할 때처럼 방울을 크게 흔들었다.

"자, 어디 한번 놀아볼까!"

매난국죽 네 명은 일사불란하게 집으로 들어갔다. 나는 고무장화를 신고 장갑을 끼고 뒷마당으로 용감하게 걸어 들어갔다. 해가 지기 전에 돌아보아야 했다.

가스가 뿜어나오는 틈 같은 건 없었고 휴대용 가이거 계수기에도 아무 반응이 없었다. 혐의 목록을 지울 수 있다는 건 물론 다행스러운 일이었으나 발을 빨아들이는 진흙 색깔은 꺼림칙했고 알 수 없는 불쾌한 냄새에 머리가 아팠다. 곳곳에 숨어 있던 잔가지와 거미줄에 끊임없이 얼굴을 공격당하고, 매번 동물을 밟았나 싶어 흠칫하게 만드는 식물들을 밟아 터뜨리고 나니, 입었던 옷을 다 불사르고 머리끝부터 발끝까지 소독하고 싶어졌다. 어두워져서 들어간 집 안이 한결 깨끗해져 있어서 더 그랬다. 내가 뒷마당이라는 이름의 늪지대를 돌아다니는 동안 매난국죽이 대충이나마 집을 청소해둔 까닭이었다.

그러나 잠시 마스크를 얼굴에서 들어 올린 나는 은은하게 남아 있는 악취에 얼굴을 찌푸렸다. 처음 이 집에 들어왔을 때처럼 강렬하진 않지만 오히려 소독약 냄새와 섞여서 더 역해진 것 같았다. 대체 어디에서 어떻게 나는 냄새이기에 이럴까. 신경 한끝이 계속 곤두섰다.

"지하실은 누가 가봤나요?"

내가 그런 질문을 던지길 기다렸다는 듯, 마침 만신이 지하실 계단을 올라왔다.

"지하실도 지저분하기는 하지만 특별한 건 없네."

그 꺼림칙한 집 안에서도 그는 자기 집처럼 편안하고 느긋해 보였다. 그 모습에 나도 긴장이 조금 풀렸다.

여전히 음침하고 기분 나쁘긴 했지만 먼지를 한 겹

이나마 걷어내고 보는 '금단의 집'에는 독특한 아름다움이 있었다. 안 그래도 오래 비운 집치고는 상태가 좋다고 생각했지만 인간 외의 자연이 다시 소유권을 주장한 흔적이 별로 없었다. 목조라는 점을 감안하면 더욱 신기한 일이었다.

　새로운 눈으로 집 안을 다시 구경하다 보니 내가 기록으로만 읽은 사람들이 다 이 집에 살았다는 사실이 새삼스럽게 다가왔다. 기록을 처음 읽을 때는 이름도 남지 않은 하인과 식모들에게 더 마음이 쓰였는데, 이 집 안에 서서 때 묻은 샹들리에를 올려다보니 새로운 삶을 꿈꾸며 발을 들였을 가족들이 떠올랐다. 새로운 곳을 찾아서 아름다운 집을 짓고, 샹들리에를 달고, 새로 태어날 아이와 보낼 나날을 생각하며 이사해왔을 가족. 자꾸만 불길한 일이 생기고 병이 찾아와 불안에 떨었을 사람들. 그들은 무슨 생각을 했을까. 전쟁이 끝나고 온 나라가 열심히 달리던 시기에 이 집을 사서 수리할 때, 그 가족은 또 무슨 꿈을 꾸었을까.

　피난처여야 하고 쉬는 곳이어야 할 집이 가장 위

험하다는 건 얼마나 사람을 갉아먹는 일인가. 우리는 바깥에서 스치는 사람들을 경계하다가 집에 들어가서 긴장을 푼다. 문을 잠그는 것만으로 바깥에서 들어올 위험을 막을 수 있다는 듯이. 그러나 위험이 그 문 안에 있을 때는 어찌해야 할까. 나는 쥐 한 마리가 돌아다닐지 모른다는 생각만으로도 며칠을 지옥에서 보내는 것 같았다. 이 집에 살았던 사람들은 더 그랬으리라.

그런 생각을 하며 마음이 다시 울적해졌을 때, 만신의 카랑카랑한 목소리가 귀를 뚫고 들어왔다.

"자자, 이쯤하고, 저녁을 먹은 후에는 흩어져서 밤에 뭔가 다른 일이 생기는지 기다려보자."

노만신은 시원시원하게 정리하고 모두에게 위치를 배정했다. 황이 다락방, 매와 난이 2층, 국과 죽이 1층, 나와 경자 만신이 지하실이었다.

황이 조금 투덜거리려다 말았을 뿐, 아무도 이의를 제기하지 않았다. 매난국죽이야 언제나 칼같이 스승의 지시를 수행하니 그렇고, 나는 만신이 나를 호명해줬다는 사실이 기뻤다.

둘이서 하룻밤을 지샌다고 생각하니 가슴이 두근 거렸다. 설레기도 했고 긴장이 되기도 했다. 아무리 그 하룻밤 지낼 장소가 전형적인 흉가 체험에 나올 법한 기분 나쁜 지하실이라 해도. 그러나 정작 친근 하게 말을 붙일 엄두가 나지는 않았다. 재미있게 할 만한 이야기도 생각나지 않았다.

내 시선은 지하실 안을 이리저리 배회했다.

지하는 그 집에서도 유난히 기분 나쁜 곳이었다. 분명 과거 어느 때인가 세를 놓아 살게 하기도 했을 듯한 반지하 방 느낌이긴 했다. 절반 정도는 방이었 고, 그 바깥에 화장실은 물론이고 부엌이라고 할 만 한 공간도 따로 있었는데, 도배를 해놓은 방을 제외 하면 삭막한 시멘트 벽 그대로라서 집의 다른 층과 조화롭지가 않았다. 바깥 흙이 파헤쳐져서 창살이 붙 은 창문 절반은 땅바닥 위로 올라와 있었고, 집 바깥 으로 나가는 계단도 따로 또 있었다. 벽이며 천장이 두껍지도 않아서 밖을 돌아다니는 발소리며 1층의 움 직임이 다 들렸는데도 그 안에 들어가면 세상에서 한 겹 더 멀어진 느낌이 났다. 그게 아늑하다거나 오붓

하다는 형용사와 이어질 때도 있겠지만, 지금은 아니었다.

시멘트 바닥과 한쪽 벽은 커다랗게 얼룩이 졌는데, 그 모양새가 또 꺼림칙했다. 언뜻 보면 그냥 얼룩이지만 가만히 보고 있으면 사람 모양 같기도 했다. 심지어 지금처럼, 밝은 조명이 아니라 전등 불빛 속에서 보다 보면 움직이는 것 같기도 했달까. 혹시 저 자리에 사람이 묻혀 있는 건 아닐까 생각하게 되는 얼룩이었다. 에드거 앨런 포의 소설 중에 그런 내용이 있지 않았던가?

어쨌든 매난국죽은 하늘 같은 스승님의 편의를 위해 그럭저럭 누울 만한 자리를 마련해두었다. 나도 그 덕에 편하게 다리를 뻗고 앉을 수 있었다.

지하실 구석구석에 시선을 던지면서 나는 흘끔흘끔 경자 만신을 훔쳐보았다.

그를 처음 제대로 보았을 때 인상은 잘생긴 매 같다는 것이었다. 지금 다시 보니 검은 털이 드문드문 섞인 새하얀 머리는 풍성했고 얼굴에는 잔주름이 적고 몇 군데에만 깊은 주름이 파였다. 코는 살짝 매부

리코였고 턱선은 날카로웠으며 쌍꺼풀이 없는 눈은 눈꼬리가 길었다. 젊었을 때도 귀엽거나 예쁘기보다는 잘생긴 외모이지 않았을까.

'그렇지만 열네 살에 남편을 뒀다니! 아, 그래. 보기엔 그보다 젊어 보여도 나이가 있으니까. 그 시절엔 그런 일이 있었겠지. 그후에도 결혼하거나 자식을 두거나 하셨을까.'

아무리 높이 잡아도 일흔은 되지 않아 보였고, 눈을 감고 목소리만 들으면 그보다 더 젊었다. 말씨도 우아하고 쓰는 단어도 품위가 있어, 이전에 지나가듯이 말한 가난과 배고픔과 무작스러운 시댁 이야기가 어울리지 않았다.

이런 무당을 본 적이 없을 뿐 아니라 이런 노인도 본 적이 없었다. 아니, 이런 여성도 본 적이 없었다.

내 할머니와 전혀 다를 뿐 아니라 내 어머니와는 더더욱 달랐다.

그 순간, 마치 내 생각을 읽은 듯이 만신이 말했다.

"민서 씨 어머니는 왜 신을 거부했다나?"

온몸의 털이 다 주뼛 일어서는 것 같았다.

✳

나는 믿을 수 없는 기분으로 만신을 마주 보았다.

세상에 신통력 같은 게 없다는 건 누구보다 내가 잘 알았다. 할머니에게 귀에 못이 박히도록 들었다. 다 사기꾼들이고 나쁜 것들이라는 이야기를 몇 번이나 들었던가.

내 어머니는 나를 낳고 얼마 지나지 않아서부터 병을 앓았다. 전형적인 신병처럼 보였다. 늘 겁에 질려 사람을 피했고 이상한 소리를 지르고 자해를 했다. 병원을 전전해도 원인을 찾지 못했고, 치유 능력이 있다는 사제도, 안수 기도 잘한다는 목사도 무소용이었다. 결국 버티고 버티다가 내림굿까지 해봤지만 어머니는 전혀 나아지지 않았다. 아니, 그래, 육체적인 고통은 덜해졌을지도 모른다. 그러나 오히려 굿을 하고 나서는 마지막 정신 줄까지 놓아버렸다. 나를 알아보지도 못하고, 생활을 제대로 하지도 못했다.

그러니까 내림굿을 거부했다는 건 사실이 아니었다.

아니다, 그게 틀린 사실이라는 것보다 대체 어떻게 알았는지가 문제였다. 이제까지 아무에게도 말한 적 없었다. 특히 학교에는 최대한 숨기고 살았다. 내가 미친 여자의 딸이라는 사실은, 세상의 편견이나 혐오를 이야기하기 전에 내가 끔찍했다. 아무에게도 말하지 않으면 언젠가 나도 잊을 수 있을 것만 같았다. 그런데 이 사람이 어떻게 알았을까. 나를 상대로 뒷조사라도 한 걸까. 캐려면 캘 수도 있었겠지만, 나를 왜.

생각이 어지러이 여러 방향으로 치달으며 호흡이 가빠졌다.

"진정하고."

나는 내 손을 붙잡은 경자 만신의 두 손을 바보처럼 내려다보았다. 주름이 잡혔지만 아름다운 손이었다. 따뜻한 손이었다.

"어머, 어머니는 신병이 아니었어요."

나는 나도 모르게 이렇게 말했다. 만신의 손을 뿌리치긴커녕 오히려 내 쪽에서 힘주어 잡았지만, 똑바로 눈을 마주치지는 않았다. 할머니에게도 한 적 없는 말들이 터져 나왔다.

"신이 내린 게 아니었어요. 그냥 정신병이었어요. 아마 사는 게 힘들어서, 너무 힘들어서 그런 병이 생

*

겼겠죠. 자세한 사정은 모르지만, 아버지 이야기는 들은 적도 없고, 서류에도 없고. 그런데 할머니는 엄격하고, 용서를 몰랐으니까요. 그것만 해도."

나는 꾸역꾸역 속을 게워내듯이 말했다.

"어머니가 이상한 소리를 자꾸 하고 맨발로 뛰쳐나가서 헤매고 그러니까 할머니가 없는 재산 다 털고 빚까지 져가며 방방곡곡 의사를 찾았는데, 어느 병원에서도 원인을 못 찾았다고 했어요. 별수가 없어서 안수 기도도 받았는데, 거기서는 환자를 두들겨 패는 걸 보고는 도저히 안 되겠어서 목사를 떠밀고 도망쳤대요. 그래서 이젠 정말 할 수 없나 보다, 포기하고 남은 돈 다 털어서 내림굿을 준비했는데, 그것도 아무 소용이 없었다고 했어요. 무당은 너무 늦게 와서 그렇다는 소리나 하고 발 빼려고 했다고. 할머니는 목사도 무당도 다 사기꾼이라고, 다 멀쩡한 사람들 등쳐먹는 것들이라고 자주 화를 내셨죠. 하지만 저는 그런 생각도 해요. 애초에 그런 데부터 찾아다닌 할머니가 잘못한 게 아닐까. 그 다 가봤다는 병원 중에 정신과는 없지 않았을까. 내 딸이 정신 질환일 리가 없다고 외면하고 이상한 걸 찾다가 그 지경까지 악화시키지 않았을까."

잘 알지도 못하는 어머니에 대한 원망보다는 실제로 나를 키운 할머니에 대한 애증이 더 컸다. 굿판을 굳이 기웃거리기 시작한 것도 무당들과는 아무 연도 맺지 말라는 소리가 지긋지긋했던 반항심도 있었을지 모른다. 그게 다 가짜고 사기라는 할머니의 말을 확실히 증명하고 싶은 욕망도 동시에 존재했다는 게 얄궂은 일이지만.

그런데 나는 왜 그런 이야기들을, 이제까지 아무에게도 한 적 없는 말들을 하필 무당이라는 이름을 달고 있는 사람에게 하고 있는 걸까. 그것도 이런 이상한 지하실에서.

경자는 한마디도 흘려듣지 않겠다는 듯, 주의 깊게 내 말을 듣더니 가볍게 한숨을 쉬었다.

"그랬구먼. 그래서 그렇게 미칠까 봐 두려워했어."

아, 그랬다. 그렇게 간단했다.

경자는 가만히 내 어깨를 쓰다듬었다.

"어떤 일은 그냥 일어나지요."

"네… 네?"

"공부하는 사람들은 논리적으로, 뭔가 아귀가 딱딱 맞게 설명하고 싶어 하는 경향이 유난하던데, 민서 씨도 그렇지 않나? 이래서 저렇게 됐고, 그래서 그렇게 됐고. 다들 그렇게 딱딱 떨어진다 생각하고 싶어 하지만 그렇지가 않아. 그렇게 생각하려다간 더 힘들어져. 일은 그냥 일어나요. 좋은 일도, 나쁜 일도."

그는 우주의 냉정한 진실을 그렇게 투박한 몇 마디로 요약했다.

물론 이 세상에는 사실 권선징악은커녕 인과 관계도 없다. 우주는 이치에 닿지 않고, 세상은 인간에게 무관심하며, 모든 일은 인과와 상관없이 일어난다. 어디에도 의미 같은 것은 없다. 우리는 하찮은 존재다. 그게 너무 가혹해서 우리 모두가 가장 구석진 곳에 애써 뚜껑을 눌러 닫아 처박아두고 외면하는 현실이다.

하지만 무당이란 사람들에게 그렇지 않다고 말해주는 존재가 아니었나? 종교란 다 그런 게 아닌가. 내가 지금 가난하고 힘든 건 전생에 죄를 지어 그렇다고 설명하고, 그러니 지금 잘 살면 나중에 보답을 받으리라 믿고, 신이 우리를 사랑한다고 다짐하고, 내가 고통스러웠던 만큼 내가 사랑하는 이들은 잘 살 거라고 위안하기 위한 우리의 환상. 죽을 때까지 대차고 강하던 할머니도 언젠가 그런 말을 듣고 위안을 받았던 것을 안다. 뻔하디 뻔한 말, 사람들 크게 등쳐먹지 않고 살아가는 겁쟁이라면 누구나 할 만한 말들. 그게 우리가 듣고 싶어 한 말이었으니까. 네 고통은 무의미하지 않다는 말이.

그러나 경자 만신은 다르게 말했다.

"그러니까 스스로를 미워하지 말아요. 할머니나 어머니나, 내가 고통받은 만큼 민서가 잘 살겠지 생각하고 마음 편히 떠나셨을 테지. 그걸로 된 거야. 그분들 고통은 민서 씨 책임이 아니야. 대단한 의미가 있어야 하는 것도 아니고."

이토록 냉담하게 다정한 말이라니.

"민서 씨의 고통도 어머니나 할머니 탓은 아닐 테지."

이어지는 말에 나는 찔린 듯 움찔했다. 나도 모를

속마음을 들킨 것 같았다. 분명히 내 안에 그런 원망도 있었다. 어쩌면 어머니가 나 때문에 발병했는지 모른다는 생각, 할머니가 나 때문에 고생했다는 생각 이면에는 그들을 미워하는 마음도 있었다.

"누구 탓이 아니라는 건, 아무 상관도 없다는 말이 아니야. 인간이라는 게 어찌 앞도 뒤도 없이 홀로 존재하겠나. 또 어찌 인간만이겠는가. 만물이 다 서로 얽혀 있고, 서로서로 영향을 미치지. 다만 신을 받아들인다는 건 그런 걸 아는 거라네. 나보다 훨씬 큰 게 있다는 걸 알고, 내가 우주의 티끌이라는 걸 아는 것. 서로 영향을 미친다고 해봤자, 다 아무것도 아니라는 것. 그걸 알면 자유로워지지."

나는 그 아리송한 말에 어리둥절해졌다. 이건 또, 불교 철학인가.

"그리고 자유로워지면 비로소… 혼돈을 볼 수가 있지."

경자 만신은 빙긋 웃으며 손에서 모래를 털어내는 시늉을 했다. 부슬부슬 흘러내리는 모래를 보면서 여기에 왜 모래가 있는지 생각했는데.

✳

대체 어느 순간인지, 잠이 들었었나 보다. 퍼뜩 깨어났을 때는 으슬으슬하게 추웠고 순간적으로 지금 어디에 있는지 헷갈렸다. 그러다가 옆에 모로 누운 사람을 보고 나서야 여기가 어디이고 내가 뭘 하고 있었는지 기억이 났다.

나는 이마를 문지르며 잠든 얼굴을 들여다보고는 몸을 떨었다.

경자 만신이 자는 모습은 이상하게 불안과 공포를 불러일으켰다. 자는 사람의 무방비한 얼굴을 본다는 것은 본래 이상한 일이다. 그러나 지금은 그것만이 아니었다. 아예 같은 사람 같지가 않았다. 게다가 잠든 얼굴에서 계속 표정이 변하고 있었다. 인상이 찌그러졌다가 펴졌다가, 환희하듯 일그러졌다가 소름 끼치게 웃는 표정으로 변했다. 마치 변검처럼 휙휙 바뀌는 얼굴이, 아예 사람이 달라지는 것 같다는 생각이 들 정도의 변화였다. 이상한 꿈을 꾸고 있는 것 같기도 했고, 혼자서 일인 다역의 연극을 하고 있는 것 같기도 했다.

나는 잠시 홀린 듯이 그 얼굴을 들여다보고 있었

✳

다. 좋은 의미로 홀린 게 아니라, 의지와 상관없이 그 얼굴을 보고 있어야 하는 저주에라도 걸린 것 같았다. 깨울까 하는 생각조차 바로 들지 않았다.

그러다가 경자 만신이 잠든 채로도 뭔가를 본 것처럼 무시무시하게 일그러진 얼굴로 입을 딱 벌렸을 때, 나는 몸서리를 치며 그 감은 눈의 시선을 따라갔다.

지하실 바닥이 울퉁불퉁해 보였다. 순간 쥐인가 싶어 소스라쳤다가 다시 보니 바닥 얼룩에서 아른아른 아지랑이 같은 게 피어오르고 있었다. 아니, 수증기 같은 게 끓어오르고 있었다. 보라색과 검푸른 색이 섞인…. 휙 돌아보니 벽에 있던 얼룩에서도 같은 현상이 일어나고 있었다. 이쪽은 연두색과 유황색이 섞였다.

멍하니 보고 있는 사이에도 멈추지 않고 피어오르던 수증기는 점차 기묘한 형상을, 반쯤은 사람 같고 반쯤은 괴물 같은 형상을 빚어냈다. 더불어 기분 나쁜 냄새가 왈칵 끼쳤다. 생선 썩는 냄새와 축축한 곰팡이 냄새, 유황 냄새와 암모니아 냄새에 알 수 없는 뭔가를 섞은 듯한 지독한 냄새…. 분명 저게 악취의

근원이었다!

나는 뒤늦게 정신을 차리고 코와 입을 막으며 방독면부터 찾았다.

방독면을 쓰는 둥 마는 둥 하면서 경자를 깨우려 했는데, 어째서인지 내가 아무리 흔들어도 일어나질 않았다. CG라도 입힌 것처럼 천변만화하던 얼굴도 지금은 완전히 생기를 잃고 납빛이 되어 있었다.

그사이에 보라색 수증기가 버선발을 휘감았다.

"안 돼! 안 돼, 안 돼, 안 돼!"

나는 비명을 지르며 경자를 끌어안고 잡아당겼다.

"이분은 못 데려가. 이분은 안 돼."

막무가내로 당기다가 다시 양쪽 겨드랑이에 손을 넣어 들어 올렸다. 키는 훤칠하지만 군살 하나 없이 말라 보였던 노인의 몸이 어찌 이리 무거운지. 내가 안간힘을 다 써도 지하실 계단으로 끌고 올라가는 속도가 느리기 짝이 없었다. 바닥에서 나온 놈을 피하는 사이에 또 벽 얼룩에서 튀어나온 유황색 그림자가 슬금슬금 다가왔다.

"꺼져! 저리 꺼져!"

나는 헉헉대며 경자를 놓쳤다가, 뒤늦게 생각난 토치를 황급히 들어 올렸다. 해본 적이 없어서 그런지 바로 켜지지가 않았다. 딸깍, 딸깍. 초조하게 부탄 가스통의 연결 부분을 조이고 다시 스위치를 누르자 겨우 파란 불꽃이 튀어나왔다. 나는 연기 쪽을 향해 정신없이 토치를 휘둘렀다. 분명히 이 기분 나쁜 연기도 불꽃 앞에서는 주춤하는 것 같았다. 그러나 무슨 소용일까. 내가 토치를 잡고 씨름하는 사이에도 기분 나쁜 연기는 야금야금 경자를 먹어 들어갔다. 보라색 연기가 발을 휘감고, 그사이에 겨자색 연기가 손을 감쌌다. 가슴팍에 검푸른 멍 자국 같은 것이 피어올랐다. 나는 비명을 올리며 불을 끄듯 경자의 몸을 때리다가, 연기 자락이 내 손을 타고 올라오려 하자 기겁을 하며 몸을 뒤로 뺐다.

내가 피한 순간, 연기가 어깨와 목을 휘감고 경자의 얼굴을 집어삼켰다.

머릿속에 쩌렁쩌렁 웃음소리가 울리는 것 같았다. 악의에 가득 찬 웃음소리가 나를 조롱하며 울려 퍼졌다.

또 기절했던 걸까, 아니면 눈을 버젓이 뜬 채로 기억이 날아간 걸까.

퍼뜩 정신을 차렸을 때 나는 지하실 계단 중간에 주저앉아 있었고, 지하실에는 아무도 없었다. 경자 만신도 없고, 연기도 없었다.

나는 멍하니 눈을 깜박이다가 얼굴을 더듬어 방독면을 벗었다. 내가 왜 방독면을 썼지?

깜박 졸았다가 악몽을 꾼 것 같았다.

"만신님?"

일어나서 계단을 마저 오르는데 정강이가 아팠다. 계단에 부딪히기라도 했던가. 절뚝절뚝 위로 올라가서 다시 소리쳤지만 대답은 없었다.

"만신님! 황 아저씨! 다들 어디 계세요!"

아무도 보이지 않았다. 아무도 없었다. 창밖은 어둡지도 않고 뿌옇기만 했다. 문이 어디인지도 알 수가 없어졌다.

이럴 리가 없어. 이건 악몽이야. 분명히 악몽이야. 진짜일 리가 없어.

나는 돌아서서 다시 계단을 내려갔다. 다락방에서

2층으로, 2층에서 1층으로, 1층에서 다시 지하실로.

악몽이라는 사실을 증명하듯, 지하실에서 계단이 더 이어졌다.

일곱 계단. 그리고 다시 일흔일곱 계단. 나는 떨리는 다리로 계단을 밟아 내려갔다.

그리고 마지막 계단을 밟은 순간, 애써 치켜들고 있던 토치를 떨어뜨렸다.

왜 저택 지하에 내 방이 있지?

방 하나에 부엌 겸 좁다란 거실이 있는, 익숙한 내 방이었다. 쥐가 들어올 만한 구멍을 찾아 막는다고 책을 다 바닥에 쌓고 책장을 끌어내고 침대를 뒤집어놓은 난장판 그대로였다. 불이 다 켜져 있었고 주위가 조용했다. 바깥을 지나가는 차 소리도, 건물 안 다른 집에서 움직이는 소리도 들리지 않았다. 그러다가.

두두두두. 쥐 떼가 달려가는 소리가 들렸다. 끼륵끼륵. 쥐 떼가 웃는 소리가 들렸다. 나를 비웃는 소리가 들렸다.

어디지. 어디에서 나는 소리지. 나는 토치를 주워 들고 쌓인 책더미 사이를 헤집으며 쥐가 있는 곳을

✳

찾으려 했다. 이번에는 피하지 않고 싸우겠다고 굳게 마음먹고 있기도 했다. 그러나 쥐 떼가 움직이는 소리는 계속 나는데 어디에도 모습이 보이지 않았다. 벽에 가까이 간다고 소리가 커지지도 않고, 화장실을 들여다본다고 소리가 작아지지도 않았다. 놈들은 끊임없이 나를 비웃으며 끼룩거렸다.

어디지. 어디 있는 거야. 어디로 가도 쥐들을 잡지도, 쥐들에게서 도망치지도 못한다는 생각이 들 무렵 나는 문득 내 몸을 내려다보고 비명을 질렀다.

"아아아아아아아아아악!"

구멍은 나에게 나 있었다. 쥐가 들어오지 못하게 막아야 하는 틈은 다른 곳에 있지 않았다. 내가 구멍이었다. 내 몸 안에 쥐가 있었다. 쥐가, 쥐 떼가 둥지를 틀고 있었다. 밖에서 오는 것은 어떻게든 막아보거나 물리칠 수 있을지 몰라도, 내 안에 있는 것을 어찌할 방법은 없었다.

내가 입을 크게 벌리고 목청껏 비명을 지르자 쥐 떼가 우르르 빠져나가서 사람들을 덮쳤다. 집주인 아저씨가, 지도 교수가, 얄미운 기찬 선배가 비명을 지르는 모습은 나쁘지 않았다. 고래고래 소리를 질러대는 황을 산 채로 잡아먹을 때까지만 해도 무덤덤했다. 그러나 쥐 떼는 멈추지 않고 매난국죽 네 명을 물어뜯어 순식간에 해골만 남겼다. 그리고 경자를, 강하고 아름다운 노만신을 에워쌌다. 차라리 나에게 돌아와. 나를 물어뜯어. 아무리 애타게 외쳐봐야 소용이 없었다. 본 적 없이 크고 흉한 쥐 떼가 경자 만신의 버선발을 타고 올라가서 옥색 한복을 피로 물들였다.

눈앞이 붉었다.

내가 그런 게 아니야. 그러려던 게 아니야.

내가 그랬다. 내 죄다. 내가 자초했지. 내가 어리석고 잔인하여 모두를 죽였어.

쥐 떼가 돌아와서 내 몸을 물어뜯었다. 내 살을 갉고 내 피를 빨더니, 그 자리에 들어앉아 내 몸을 다시 구성했다. 쥐 떼가 내 몸이 되고 내 피부 아래를 달리면서 또다시 내 골수를 갉았다.

나는 바닥을 기고 몸부림치며 몸을 긁었다. 내 몸 속에 든 쥐들을 꺼내어 죽였다. 무기가 없으니 손톱으로 할퀴고 이로 물어뜯는 수밖에 없었다. 나는 쥐들을 물어뜯고 쥐들은 나를 물어뜯었다….

더 고통스러운 건 그런 상태로도 의식이 끊어지지 않고 오히려 렌즈처럼 선명하게 내 고통을 들여다보고 있다는 점이었다. 나는 생각을 할 수 있었고, 모든 감정을 다 느낄 수 있었다. 그리고 제일 끔찍한 건 내 머릿속에 울리는 속삭임이었다.

이 고통은 끝나지 않는다.

도망칠 수도 없다. 내가 할 수 있는 일은 아무것도 없다.

희미한 위화감이 남아 있었다. 내가 그런 걸 어떻게 알지? 그게 내 생각인지, 누군가가 속삭이는 소리인지 알 수 없었다. 누군가가 계속 나를 비웃고 있었다. 무엇인가가. 세상이. 전부.

우주는 나에게 무관심하며, 내가 우주의 티끌처럼 하찮은 존재라는 생각은 두려우면서도 나를 자유롭게 한다고 했다. 그러나 우주가 나에게 무관심하지 않다면… 악의를 품고 나를 괴롭히며, 그 모습을 보고 즐거워한다면 어찌해야 하는가.

나는 평생 미친 여자가 되는 것을 무서워했지만 그

순간만큼은 미쳐서 정신을 놓고 싶은 마음이 간절했다. 아무것도 무섭지 않고 고통스럽지 않게. 내가 가진 게 있다면 전부 다 줘도 좋으니까.

도와줘.

도와줘.

챙!

거대한 쇳소리가 공간을 갈랐다.

이어서 청량한 흥얼거림이 들렸다.

"…아니시리."

처음에는 잘 들리지 않았다. 뚜렷하지 않게, 뭉개진 듯 끊어진 듯 이어지는 소리가 한국어 같지도 않았다. 그러나 그 소리가 들려오자 조금씩 머리가 맑아졌고, 소리가 점차 가까워 오면서 내용도 알아들을 수 있었다. 언젠가 들었고, 들으면서 받아 적어보기도 한 말들에 가까웠다.

"상산신장에 오방신장이 아니시리. 육갑신장 둔갑신장이 아니시리. 신중신장에 외계신장 아니시리. 팔만사천 우주신장이 아니시랴…"

카랑한 목소리와 함께 검은 허공이 열리고 천천히

✳

만신이 내려왔다.

기이한 연기에 잡아먹힌 줄만 알았던 경자 만신이 신장거리를 읊으며 강림했다.

복장도 눈에 익었다. 옥색 치마 위에 검은색 철릭을 걸치고, 흰머리에는 검은색 전립을 쓰고, 손에는 오방신장기를 들었다. 다만 본래 신장거리에서 모시는 신령은 동서남북중앙 다섯 방위를 지키는 수호신인 오방신장일 터인데, 지금 경자가 부르는 신령은 뭔가가 달랐다.

오방신장기의 색깔은 파란색, 하얀색, 빨간색, 검은색, 노란색이었으나, 그것은 깃발이 아니라 사슬이었다. 이중나선의 사슬. 경자가 흔들지 않아도 제멋대로 살아 움직이며 허공을 수놓는 오색의 사슬. 아니 사슬 모양으로 배배 꼬인 뱀이었다.

차르륵 차르륵 쇳소리와 함께 만신의 목소리가 높아졌다.

"어떤 신장이 내 신장이냐! 어떤 신장이 내 신장이냐! 옳다, 이제 오셨구나!"

뱀은 다시 불꽃으로 변했다. 경자는 불꽃의 뱀에

에워 싸여 작두 타듯 허공을 뛰었다.

"어허이! 내 신장님 오셨으니 썩 물렀거라!"

쥐 떼가 듣기 싫은 비명을 토하며 흩어져 도망치려 했다. 내 몸이 무너져 내리고, 그러고도 남은 쥐들이 도망치려고 애쓰면서 내 속의 벽 어딘가를 미친 듯이 긁어대는 게 느껴졌다. 나는 피와 비명을 토했다.

내내 내 귀에 울려 퍼지던 웃음소리가 으르렁대는 소리로 변했다.

분명히 한국어가 아닌데, 이상하게도 그 쉿쉿거리는 소리와 타오르는 불길을 일부 알아들을 수 있었다.

"여기는 네가 있을 곳이 아니다."

"그건 너도 마찬가지일 텐데."

"꺼져라, 기어 다니는 혼돈이여."

갑자기 몸이 가뿐해졌다. 내게 들러붙었던, 아니 내 안에 파고들었던, 아니 내 몸이었던 쥐 떼가 갑자기 다 떨어져 나갔다. 그래서만 몸이 가벼운 건 아니었다. 나는 아무것도 아니었다. 아무것도 아니게 되자 고통이 사라졌다.

위를 보아도, 아래를 보아도, 옆을 보아도 아무것

✳

도 없었다. 어디로 고개를 돌려도 까마득한 절벽 가장자리에 섰을 때 같은 현기증이 따라왔다. 내 몸, 혹은 몸 없는 나는 무중력 상태에 떠 있었다. 주위는 캄캄하고 막막했다. 허공, 아니면 우주일까.

이대로 계속 홀로 떠 있는 것도 괜찮다고 생각했을 때, 뭔가가 나타났다. 평온하고 무감각해졌던 마음이 다시 요동을 쳤다. 어둠보다 더 검은 눈이 나를 굽어보고 있었다. 위아래가 없다지만 '그것'이 나를 '내려다본다'는 감각만은 선명했다. 그 눈은 나를 현미경 아래에 놓고 핀셋을 뻗어 한 장 한 장 벗겨내려 했고, 차가운 무관심과 비웃음 섞인 적의를 함께 쏟아부었다. 그 중압감만으로도 나는 바르작거리며 나뒹굴어야 했다.

이윽고 다른 것이 나타나 그 눈의 관심을 빼앗았다. 똑같이 거대한 뭔가였다. 그것도 나에게는 무관심했지만, 정말로 무관심했기에 내 숨을 틔워주었다. 그것의 적의는 내가 아니라 검은 눈에게 향해 있었다.

그리고 그 둘이 쫓고 쫓기며 사라진 자리에 경자가 나타났다.

✳

"만신님!"

나는 기쁨에 겨워 소리쳤다.

"만신님께서 절 구해주셨군요."

갑자기 모든 게 다 설명이 되는 느낌이었다. 나도 모르는 새 흉악한 악귀 같은 게 붙었던 거다. 모든 게 악귀가 보여준 악몽이었던 거다. 신장거리는 잡귀잡신과 살을 물리치는 굿이라 축귀거리라고도 하니, 어울리는 처방이었다.

그러나 정작 그는 쓴웃음을 머금고 고개를 저었다. 물러났던 두려움이 스멀스멀 다시 돌아오려고 했다. 한 번 풀려났다가 다시 겪는다고 생각하니 두 배, 세 배로 더 끔찍했다.

"아, 아직 안 끝났나요? 제가 뭘 하면 되죠? 뭐든 할게요. 시키시는 대로 뭐든."

나는 경자 만신의 팔에 매달렸다가, 그 팔이 스르륵 무너져 내리는 데 다시 소스라쳤다.

"만신이 무슨 뜻인지, 선생은 알 텐데."

그 와중에도 머리에 쑤셔 박아 놓은 지식은 자동으로 풀려나왔다. 만신이란 그 몸에 모든 신을 다 내릴 수 있는 존재였다. 모든 무당의 시조가 그랬다고 한다.

"나는 유난히, 특별한 신까지, 내려받을 수 있지만. 대가가 없지는 않다오."

경자의 얼굴이 내 눈앞에서 삽시간에 주름지고 늙어가며 속삭였다.

"무서워 말아요."

마지막에 들었다고 기억하는 말은 그것이었다.

나는 눈을 뜨고 토했다. 토하면서 울었다.

머릿속이 부분 부분 공백이었다.

어디부터 어디까지가 현실에서의 일이고, 어디부터 어디까지가 꿈속의 일이었을까. 무엇이 내 환상이고, 무엇이 실제 일어난 일일까. 알 수가 없었다. 지금도 알 수가 없다. 무슨 일이 일어난 건지, 왜 일어난 건지, 어떻게 된 건지.

나중에, 아주 나중에 몸과 마음이 조금 나아지고 나서 조금씩 정보를 그러모았다.

내가 생생하게 기억하는 집과 구조는 달랐지만, 금

단의 집이라고 불린 적산 가옥 자체는 실재했다. 내가 혼자 그 집에 왜 갔고 왜 불을 지르고 집을 부쉈는지는 설명이 전혀 되지 않았지만, 부서진 그 집 지하에서 유골이 무더기로 나왔다. 사람 뼈로 추정되는 백골 수십 개가 한데 뒤섞여 있었고, 발견됐을 때 나는 그 사이에 반쯤 묻혀서 넋을 놓고 이상한 말을 중얼거리고 있었다고 한다.

수수께끼의 유골들에 대한 뉴스는 초반에 폭발적으로 나오다가, 나중에는 관심을 잃고 띄엄띄엄 이어졌다.

초반 뉴스에서는 그것이 전쟁 당시 전사자들의 유해가 아니겠냐는 추측을 내놓았다. 그러나 국방부 유해발굴 감식단은 곧 이 유골들이 국군 전사자일 가능성이 없다고 발표했다. 탄피나 수통 같은, 군인이라고 추측할 만한 유품이 하나도 나오지 않아서만은 아니었다. 백골은 거의 어린이와 여성들이었고 노인도 몇 있었다.

경찰은 과거에 묻힌 민간인 학살로 추정하고 과거사정리위원회로 유골 조사를 넘겼다. 그러나 학살 현장으로 보자니 어느 유해도 총상을 입지 않았다. 오히려 칼과 톱, 도끼의 절단 흔적들이 나왔다. 두개골이 아예 부서진 경우들도 있었다. 그런가 하면 아주 멀쩡하여 외상이 아예 없는 뼈들도 있었다. 신원은 하나도 찾아낼 수 없었다.

유골들은 다시 국과수로 넘어갔고, 시신의 연대는 칠십 년 전이 아니라 최소 백 년 전으로 거슬러 올라간다는 발표가 나왔다. 그렇다면 경성 시대였다. 인터넷에서는 해부 실습을 한 후 유기한 시신이 아니냐는 설, 인체 실험의 흔적이 아니냐는 설이 나돌았다.

경자 만신에 대해서도 아무도 기억하지 못했다. 만신의 네 신딸, 혹은 제자, 매난국죽도 자취 없이 사라졌다. 그들이 살던 집, 내가 며칠 밤을 의탁했다고 기억하는 그 집에는 다른 사람들이 살고 있었다. 유감스럽게도 유일하게 현실에 존재했던 황은 내가 그들에 대해 묻자 무슨 귀신 씻나락 까먹는 소리를 하느냐고 반응했다.

내 방에 쥐가 나왔다는 사실이나, 내가 그래서 방을 뒤집어놓은 일들도 기억하는 사람은 없었다. 내가 확인했을 때는 이미 몇 달이 지난 후였고 사소한 일이라 그럴지도 모르겠다. 어차피 그 집으로 돌아가는 일은 없었다. 이제 나는 어딘가 안전하고 편안한 집에 대한 환상을 버렸고, 끊임없이 등 뒤를 돌아보며 거처를 옮겨 다닌다. 어쩌면 본래 그런지도 모른다. 위험은 늘 곁에 있고, 집안이 안전하다는 생각은 다 진실을 가리기 위한 어리석은 환상일지도 모른다.

나쁜 일이 그냥 일어난다면, 좋은 일도 그냥 일어난다.

그것이 왜 하필 나에게 눈을 돌렸는지 이해할 수 없다면, 경자 만신이 나를 구하러 나타난 것도 이해할 수 없는 일이다. 누덕누덕한 기억을 짜깁어보면 경자 만신의 신령님도 딱히 선한 신이었다는 생각은 들지 않고, 나를 구하려 했다기보다는 뭔지 모를 그 어두운 것을 쫓는 데 더 관심이 있었던 것 같다. 이해하기는커녕 이해할 엄두조차 나지 않는다는 점에서는 둘 다 마찬가지였다. 그렇다 해도 그 싸움이 나를 구했다는 사실은 기적처럼 다가온다.

그리고 분명히 경자 만신은 나를 구하러 왔다. 희

생을 무릅쓰고서.

그 생각을 할 때마다 울고 싶어진다. 그리고 경이롭다. 왜 그랬을까. 안 지 며칠밖에 안 된 어린 여자를 위해 왜 그렇게까지 해준 걸까. 나에게 그럴 가치가 있을까.

내 상담가는 경자 만신이라는 사람이 존재하지 않는다고, 애초에 그건 어머니와 할머니를 투영하고 내 죄책감을 덧입힌 환상이라고 설명했다. 상관없다. 나는 만신이 나를 구해준 것만은 어떤 층위에서건 진실이었다고 믿는다.

나는 쉽게 뭔가를 믿는 사람이 아니었다. 원래도 의심이 많은 데다 끊임없이 뒤집어 생각하도록 훈련도 받았다. 냉철하고 객관적인 시각을 갖췄다고, 받아들이기 싫은 것도 받아들일 수 있다고 제법 자부하고 있었다. 논리적으로, 정연하게, 세계를 이전과 같은 질서에 편입시키기 위해, 생각하고 또 생각하고 구역질이 나도록 생각했다. 상담가의 말이 맞을 거라고, 경자 만신이라는 인물은 애초에 너무나 내 이상의 구현이었으니까, 내 마음이 만들어낸 존재가 맞을

✳

거라고, 내가 연약한 정신을 지키기 위해 만든 존재일 거라고.

그런데 만약 그렇다면, 그거야말로 나를 지켜야 할 공포는 실재했다는 뜻이 아닌가. 다시는 떠올리고 싶지 않지만 늘 내 등 뒤에 있는 두려움은.

그러니 나는 우주 어딘가에 그녀가 있을 것을 믿는다. 믿기로 한다. 내가 우주의 비밀을 엿볼 수 있게 되면, 찾을 수 있으리라 믿는다. 그건 어쩌면 아직 이 우주에도 아름다운 이치가 존재할지 모른다는 희망이기도 하다. 내 몸에 딱 맞게 만들어진 감옥에도 빛이 드는 쥐구멍이 뚫려 있을지 모른다는 희망.

그러니 사실은 이미 어디에도 없다는 걸 알게 된다해도, 상관없다. 그때 보았던, 눈이 멀 듯한 불꽃의 신. 그 신을 내게 강림시킬 수 있다면 우리는 그 안에서 하나가 될 수 있을 것이다.

이제 나는 미친 여자가 되는 게 무섭지 않으니까.

✳

작가의 말

✳

러브크래프트는 이상한 작가다.

작가 개인을 호명하기보다는 러브크래프트 풍의 소설, 아니면 크툴루 신화, 코스믹 호러, 위어드 픽션이라고 해야 할 것도 같지만, 아무튼 이상하다. 내 취향에서 완전히 벗어나 있는데도 꽤 오래전부터 재미있어했다는 점이 가장 이상하다. 스무 살 무렵에 러브크래프트 단편집을 번역해볼까 친구와 머리를 모은 적도 있었으니 꽤 매료된 것도 같은데, 정작 내가 어떤 부분을 좋아하나 생각하면 답이 쉽게 떠오르지 않는다.

✳

나 같은 사람이 적지는 않았던 걸까. 시간이 흘러 이제는 한국에도 작가 전집이 번역되어 나왔고, 어느새 《전지적 독자 시점》 같이 빅히트를 친 웹소설에서도 자연스럽게 크툴루 신화를 써먹는다. 그런 한편으로 정작 나는 러브크래프트의 좋은 점은 잘 떠오르지 않고 싫은 점은 빨리 떠오르게 되어버렸으니, 이제는 이 작가와 더더욱 인연이 없을 것도 같았다.

그러다가 몇 년 전, 두 편의 중편 소설을 보았다. 빅터 라발의 《블랙 톰의 발라드》와 키즈 존슨의 《벨릿보의 드림퀘스트The Dream-Quest of Vellitt Boe》였다. 둘 다 러브크래프트의 작품을 다시 써낸 중편 소설이었고, 그것도 아주 훌륭하게 다시 썼다. 빅터 라발은 흑인 주인공을, 키즈 존슨은 여성 주인공을 내세워 원작을 전복 재현했다. 뒤이어 세계환상문학상 앤솔로지 부문을 수상한 책 《어둠 속을 걷는 여자She Walks in Shadows》도 알게 됐다. 다양한 여성 작가들만 모아서 러브크래프트 다시 쓰기를 시도한 기획이었다.

매력적이었다. 현 시점에서 러브크래프트의 한계점들을 그냥 받아들이지 않고, 그렇다고 굳이 지우려

하지도 외면하지도 않고 내 관점을 덧입힐 수 있다는 것, 그럼으로써 이 세계를 '더 풍성하게 만든다'는 생각은 매력적일 수밖에 없었다. 애초에 러브크래프트의 소설들이 지금의 크툴루 신화로 확장된 것은, 많은 작가들이 놀 수 있는 놀이터가 되어주었기 때문이 아니겠는가.

운 좋게도 이 기묘한 기획안을 알마 출판사에서 받아주셨다. 아이디어 넘치는 안지미 대표님의 제안으로 생각지 못하게 크고 아름다운 프로젝트로 확장되기까지 했다. 저 분이 크툴루 소설을 쓰면 어떤 게 나올까, 궁금했던 작가님들이 난데없는 제안을 흔쾌히 받아주신 데다, 최재훈 작가님이 표지 그림에 그치지 않고 따로 그래픽노블로 참여하시기로 했다. 모든 책이 만들어질 때 가장 필요하고 힘든 작업인 실무 조율과 편집은 유승재 편집자님이 맡아주셨다.

자, 이제 무대는 다 갖춰졌다.

그런데 잠깐.

이제 내 글만 쓰면 된다고 하고 보니 다시 처음의 질문으로 돌아가게 된다. 나는 러브크래프트의 어떤 부분을 좋아했고, 어떤 부분을 싫어했는가. 지금 한국에서 러브크래프트 소설을 다시 쓴다는 게 나에게는 어떤 의미인가.

러브크래프트의 공포가 무엇이냐에 대해서는 긴 글을 쓸 수 있겠지만, 불가해한 우주에 대한 공포가 큰 몫을 차지할 것이다. 그러나 러브크래프트의 공포와 광기는 거의 '외부'를 향해 있었기에, 뒤집어서 '내부'의 공포를 다뤄보고 싶었다. 하여 러브크래프트의 단편 '금단의 집'과 '벽 속의 쥐'를 토대로 삼고, 전부터 생각했던 무당 이야기를 썼다. 한국에서는 무당이라고 하면 자동으로 여성을 떠올리는데, 그게 당연하지 않다는 것을 모르는 사람이 많다. 다른 나라에는 남성 샤먼이 적지 않다. 기왕이면 나이든 여성과 젊은 여성이 나오는 이야기를 해보고 싶었기에 더 잘 맞는 소재라 생각했다. 게다가 몇 년 전 '무당이라니!'로 온 나라가 경악한 사건이 있지 않았던가. 당시 나는 내용을 알고서 그게 무슨 무당이냐 분개했었다. 어떤 종교든 개인 차가 있겠으나, 적어도 내가 만나고 본 무속 관계자들은 세상의 생각과 다른 면이 많앗기 때문이다. 그들을 턱없이 혐오하는 것도, 턱없이 신비화하는 것도 전형적인 타자화가 아닐까 싶다.

실제로 나는 한때 굿판을 돌아다니며 논문을 쓰려 애쓰던 시기가 있었고, 이 소설에는 그 시절의 파편들이 들어가 있다. 그러나 물론 이 소설에 등장하는 어떤 인물도 실존 인물은 아니다. 이 글에서 부정적으로 왜곡하지는 않았다고 생각하지만, 혹시나 하는 마음에 확실하게 적어둔다. 당시에 도와주신 여러분들께도, 아마 이 소설을 읽으시진 않겠지만 뒤늦게 다시 감사드리고 싶다.

인사를 꼭 해둬야 할 사람이 또 있다. 집에 쥐가 나와서 고생했던 일을 소설에 써도 좋다고 허락해주고, 기분 나쁜 부분을 세세히 되살려 공유해준 친구 근영에게 정말 고맙다.

소설 마지막 단계에서 귀한 조언을 해준 김보영, 김상현 님에게도 감사드린다.

안 그래도 소설을 쓰다 보면 자괴감이 찾아오고 망했다는 기분에 사로잡히는 구간이 많은데, 거기에 러브크래프트 풍으로 정신을 물들이니 한동안 세상이

참 어두워 보였다. 간신히 빠져나오고 나니 정말 좋다. 이 프로젝트에 참여한 작가분들 모두 다양한 모퉁이에 주목하고 조금씩 다른 답을 내놓으셨는데, 이것이 내 답이다. 성공적인 답이었으면 좋겠다.

끝으로, 1인칭 화자는 가장 믿을 수 없는 화자라는 점을 기억해주시길.

✳

작가의 말

P LC.RC

Project
L o v e c r a f t .
Recreate

외계 신장神將

1판 1쇄 찍음 2020년 5월 18일
1판 1쇄 펴냄 2020년 5월 30일

지은이 이수현
펴낸이 안지미
기획 이수현
편집 유승재
교정 박소현
디자인 안지미 이은주
제작처 공간

펴낸곳 (주)알마
출판등록 2006년 6월 22일 제2013-000266호
주소 03990 서울시 마포구 연남로 1길 8, 4~5층
전화 02.324.3800 판매 02.324.2846 편집
전송 02.324.1144

전자우편 alma@almabook.com
페이스북 /almabooks
트위터 @alma_books
인스타그램 @alma_books

ISBN 979-11-5992-302-9 04800
ISBN 979-11-5992-246-6 (세트)

이 도서의 국립중앙도서관 출판예정도서목록CIP은 서지정보유통지원시스템
홈페이지http://seoji.nl.go.kr와 국가자료종합목록 구축시스템http://kolis-
net.nl.go.kr에서 이용하실 수 있습니다. CIP제어번호: CIP2020014747

알마는 아이쿱생협과 더불어 협동조합의 가치를 실천하는 출판사입니다.

종이 표지_스노우화이트 250g/㎡ 본문_그린라이트 100g/㎡

오마주와 전복으로 다시 창조하는
H. P. 러브크래프트의 세계

Project LC.RC

악의와 공포의 용은 익히 아는 자여라.. 홍지운

아이들이 우이천에서 데려온 이상한 도마뱀.
이 괴생물체의 등장 이후 사람들은 나를 미친 사람 취급하기 시작한다.

별들의 노래.. 김성일

불의를 참지 못 하는 신참 노숙인 김영준. 그는 홀리듯 사람의 마음을 얻는
강 선생을 만난 뒤부터 아득히 먼 우주의 심연을 보기 시작한다.

우모리 하늘신발.. 송경아

일제강점기 기이한 노파 드란댁이 만든 이상적이고도 비밀스러운 공동체.
드란댁은 이 마을과 사람들을 '텃밭'이라 부른다.

뿌리 없는 별들.. 은림, 박성환

댐으로 수몰될 지역에서 식물학자가 겪은 황홀과 공포에 관하여.
/ 극점으로 향한 남극탐사대가 시간의 뒤섞임 속에서 마주한 놀라운 존재에 관하여.

역병의 바다.. 김보영

전염병이 도는 동해안의 어촌. 경찰력이 마비된 곳에서 여자는 자경단으로 살고 있다.
어느 날 외지에서 온 남자는 마을의 파괴를 말한다.

낮은 곳으로 임하소서.. 이서영

악취가 심한 백화점의 보수 공사에 투입된 건설회사 직원 이슬은
84년 전 건축문서에서 두려운 존재를 발견하고 고통받는 사람들과 마주한다.

친구의 부름.. 최재훈

원준은 2주간 학교를 나오지 않는 친구의 자취방을 찾아간다. 불러도 대답 없는 친구.
문을 열고 들어가보니 친구는 의외로 반갑게 원준을 맞이한다.

외계 신장.. 이수현

학위를 따기 위해 굿판을 쫓아다니는 민서. 그는 백 년 전부터
기이한 죽음이 일어난다는 '금단의 집'에서 마주친 노만신 경자에게 매료된다.